TOUS RUINÉS DANS DIX ANS ?

Écrivain, docteur en économie, professeur, conseiller de François Mitterrand pendant près de vingt ans et actuellement président de PlaNet Finance, Jacques Attali est l'auteur de plus de quarante-cinq livres, traduits en vingt langues.

Paru dans Le Livre de Poche :

AMOURS
BLAISE PASCAL OU LE GÉNIE FRANÇAIS
C'ÉTAIT FRANÇOIS MITTERRAND
LA CONFRÉRIE DES ÉVEILLÉS
LA CRISE ET APRÈS ?
LA FEMME DU MENTEUR
GÂNDHÎ OU L'ÉVEIL DES HUMILIÉS
L'HOMME NOMADE
LES JUIFS, LE MONDE ET L'ARGENT
KARL MARX OU L'ESPRIT DU MONDE
LIGNES D'HORIZON
NOUV'ELLES
LE PREMIER JOUR APRÈS MOI
LE SENS DES CHOSES
SEPT LEÇONS DE VIE
UNE BRÈVE HISTOIRE DE L'AVENIR
LA VIE ÉTERNELLE, roman
LA VOIE HUMAINE

JACQUES ATTALI

*Tous ruinés
dans dix ans ?*

Dette publique : la dernière chance

FAYARD

© Princeton University Press, 2009, pour les tableaux 1, 2 et 10.
© Librairie Arthème Fayard, 2010.
ISBN : 978-2-253-15810-3 – 1re publication LGF

Serons-nous bientôt ruinés ? Sommes-nous en train de ruiner nos enfants ? Rarement ces questions se seront posées de façon plus aiguë. Jamais, en effet, sauf en période de guerre totale, la dette publique des pays les plus puissants du monde n'a été aussi élevée. Jamais les dangers qu'elle fait peser sur leur niveau de vie et leur système politique n'ont été aussi menaçants. Aussi, même si le sujet peut sembler aride et technique, ne l'est-il pas : c'est de notre destin qu'il s'agit.

En France en particulier, si un coup d'arrêt n'est pas donné au plus vite à la montée de la dette publique, le prochain président de la République ne pourra rien faire d'autre, pendant tout son mandat, que mener une politique d'austérité ; et la prochaine décennie sera tout entière occupée, pour la France et chacun des Français, à subir les conséquences des folies de celle qui s'achève.

*
* *

De tout temps, les rêves, l'urgence, l'impatience, l'ambition ont conduit des hommes à prélever sur d'autres les ressources nécessaires pour mener à bien leurs actions, asseoir leur pouvoir, augmenter leur fortune. Les prêtres, puis les capitaines d'armes, puis les princes et enfin les entrepreneurs rassemblent, par la conviction, la force, le contrôle social ou le marché, des capitaux de plus en plus énormes, moyennant des techniques de plus en plus sophistiquées.

Pendant longtemps, le souverain – qu'il soit religieux, militaire ou politique – emprunte à titre personnel, lorsque aucun butin n'est à sa portée et lorsqu'il ne peut, ou ne veut, augmenter les tributs ou les impôts de ses sujets. Il ne rembourse ces emprunts, par un butin de guerre ou des impôts, que lorsqu'il doit rester en bons termes avec ses créanciers afin de leur emprunter à nouveau de son vivant.

Puis le souverain devient une entité abstraite, qui se pense immortelle, et commence à rendre service à ses sujets, et non plus seulement à se servir d'eux : une collectivité, une dynastie, un État, une nation dont le responsable provisoire transmet les créances à son successeur. Cela permet aux détenteurs successifs d'un pouvoir souverain de séduire des prêteurs qui peuvent avoir une certaine garantie de remboursement sur la durée ou même d'une rémunération à l'infini d'un emprunt perpétuel ; ainsi naissent les marchés financiers, où les prêteurs ont la possibilité de céder leurs créances. Ces marchés financent l'industrie avant d'en devenir les maîtres, voire, parfois, de prendre le contrôle du souverain lorsque celui-ci est trop endetté : l'État crée ainsi des marchés qui, à intervalles réguliers, le mettent à mal.

Telle est l'histoire de la dette publique, qui est aussi celle de la constitution de la fonction souveraine et de ce qui la menace. Tel est aujourd'hui encore l'enjeu de la dette publique, qui s'est révélée nécessaire à la maîtrise provisoire de la récente crise financière, alors que chacun sent bien qu'elle ne saurait continuer à croître sans déboucher sur les pires catastrophes.

*
* *

Il est encore possible d'éviter la ruine des épargnants, des salariés et des retraités d'aujourd'hui, tout comme celle des générations à venir. Il faudra pour cela avoir l'audace de repenser le rôle du souverain – en particulier son rôle d'assureur –, de redéfinir la part des dépenses publiques dans la richesse nationale, de rétablir l'équilibre entre les générations successives, de mettre en place de nouvelles règles comptables et d'organiser une toute nouvelle architecture bancaire, financière et politique en France, en Europe et à l'échelon mondial.

Pour bien le comprendre, sans doute convient-il de faire un détour par le concept même de *dette*, de raconter d'où il vient et comment il s'articule avec le concept de souverain.

La première dette de l'homme est celle de la vie. Dieu – ou toute autre force – nous « prête » vie : nous révérons et détestons tout à la fois ce créateur, qu'il s'agisse d'un Dieu, d'un homme ou d'une autre cause, y compris le hasard ; parce qu'Il – ou Elle – nous rappelle, de par son existence même, nos limites, nos erreurs et nos devoirs à son égard.

Pour certains, mourir apparaît alors comme la seule libération possible, puisque c'est la vie même, et son sens, qui sont en jeu. Pour d'autres, au contraire, c'est du créancier (ou du créateur) qu'il faut se débarrasser ; ainsi l'homme, au moins depuis Œdipe, pour ne pas devoir quoi que ce soit à qui que ce soit, cherche-t-il à tuer Dieu ou son père, et à s'ériger en créateur de lui-même, en inventant la figure du surhomme, garant de soi, créateur de ses propres valeurs, libre de toute dette.

Prêter, c'est donc prendre le risque de s'attirer l'ingratitude de ses débiteurs. Dieu court le risque d'être maudit par les hommes. De même, celui qui prête son nom, son travail, son amour ou son argent, prend aussi le risque d'être détruit par ceux qui n'entendent rien devoir à personne – et encore moins rembourser.

Inversement, emprunter conduit à assumer une certaine dépendance, une perte d'autonomie vis-à-vis du créancier, une réduction du champ de ses possibles, une blessure narcissique par laquelle le débiteur prend conscience de sa finitude. Emprunter, c'est affronter le principe de réalité.

Mais s'endetter, c'est aussi avoir le courage d'embrasser le futur : c'est manifester le désir d'une vie risquée, intense, fuyant la dette originelle et morbide pour d'autres, porteuses d'aventures, de plaisirs, de projets et d'espoirs.

Plus généralement, prêteurs et emprunteurs craignent de dépendre les uns des autres. Et les uns cherchent à se débarrasser des autres, avant que les autres ne le fassent en premier. C'est pourquoi, dans nombre de traditions, on évite la violence que peut entraîner l'accumulation des créances et des dettes, en les annulant toutes à intervalles réguliers, que ce soit par un pardon divin, par un déluge ou par un moratoire : tous les quarante-neuf ans, dit la Bible.

Emprunter, c'est donc avoir un devoir à l'égard du créancier : *devoir est un devoir.*

Et celui qui accepte le moins de devoir, c'est le prince : parce que, par définition, il ne doit rien à personne. À la différence de l'emprunteur privé, le souverain ne risque presque rien à ne pas tenir ses engagements. Alors que le débiteur privé défaillant peut se voir privé de tous ses biens, le débiteur public faisant défaut ne peut, lui, en général, être privé d'aucun de ses biens fondamentaux : ni de son sol, ni de ses actifs physiques, ni de sa liberté. Il est le souverain.

Et il l'est davantage encore quand il se détache de la personne même du prince pour devenir un

État ou un peuple. Seule la peur des représailles peut alors le contraindre à respecter sa signature ; au surplus, à la différence de l'emprunteur privé, famille ou entreprise, le souverain, lorsqu'il devient un État, est pratiquement immortel et peut quasiment augmenter ses revenus à sa guise, dans des proportions presque sans aucun rapport avec son travail. Il peut même se contenter de payer des intérêts sans jamais rembourser le capital.

Aussi l'histoire de la dette publique est-elle intimement liée à celle de l'État : pendant très longtemps, elle n'est que celle, personnelle, d'un prince, et s'éteint avec lui ou avec ses caprices. Elle ne devient vraiment « publique » que fort tard, quand un souverain accepte enfin de considérer qu'il n'est pas propriétaire de l'État ; que, après lui, ce n'est pas le Déluge, et que tout contrat signé par lui engage aussi ses successeurs.

La dette publique s'esquisse tout d'abord comme une dette personnelle des souverains ; elle existe sans doute dans certains empires, de Babylone à l'Égypte et à la Chine, même si on n'en a pas trouvé trace. Elle est décrite dans des textes de cités grecques, au Ve siècle avant notre ère, où elle sert à financer une guerre quand le souverain n'a pas le temps, ou les moyens, de lever l'impôt. On emprunte alors à qui on n'ose pas prendre : et pour commencer, le pouvoir laïc emprunte au pouvoir religieux, qui thésaurise le produit des offrandes.

Au XIIe siècle, dans les monastères anglais, la dette publique commence véritablement à se distinguer des princes qui la contractent. Puis elle s'affirme avec les villes italiennes au XIIIe siècle, les villes de Flandres au XIVe siècle, l'Empire espagnol au XVe siècle, le royaume de France au XVIe siècle, les Pays-Bas au XVIIe siècle, l'Angleterre au XVIIIe siècle, les États-Unis au XIXe siècle.

Chacune de ces nations l'emporte tour à tour sur ses rivales si elle réussit, en complément des impôts de plus en plus lourds qu'elle lève, à emprunter suffisamment – à ses citoyens ou à l'étranger – pour financer des guerres qui lui assurent des débouchés extérieurs, et quelques rares infrastructures publiques – en particulier, de port, de route et de poste. Le créancier souverain d'un temps se retrouve ainsi le débiteur souverain du lendemain. Il commence en général par prêter aux souverains plus puissants, puis les remplace avant d'être lui-même victime de la même dérive.

À partir de la fin du XIXe siècle, en Europe, le souverain devient le peuple. Chacun des citoyens devient alors comptable de la dette souveraine. L'État n'emprunte plus seulement pour faire la guerre, mais pour remplir autrement sa fonction fondamentale : assurer la protection de ses ressortissants contre la violence. Cela passe, pour l'essentiel, par la production de services de transport, de communication, de police, de santé, d'éducation et de retraite. Les dépenses de la puissance publique augmentent alors beaucoup plus vite que ses recettes. Pour les financer, il lui faut augmenter la pression fiscale ; ou, si le souverain ne se résigne pas à les alourdir, emprunter davantage, en espérant que la croissance de l'économie, et donc des impôts, permettra de rembourser.

À chaque période, le même cercle vicieux s'installe : les besoins publics poussent le souverain à créer des instruments financiers permettant ensuite au secteur privé de s'endetter plus encore pour son propre compte. Se forme alors une bulle (par l'augmentation de la valeur d'actifs immobiliers, financiers ou autres) dont l'explosion oblige le souverain à s'endetter davantage encore, puis à se débarrasser de ses créanciers : soit par des impôts nouveaux, soit en retardant le remboursement de ses dettes, soit encore par le défaut. À moins que ses créanciers ne se débarrassent de lui et ne l'expulsent de l'Histoire…

À partir de 1980, les salaires stagnent, les besoins publics croissent, ce qui pousse tous les États à augmenter massivement la part des recettes et des dépenses publiques dans le revenu national et à emprunter aux épargnants du monde entier. De moratoire en inflation, de plan d'austérité en révolution, les plus pauvres des souverains s'essoufflent sous la pression des créanciers. Les plus riches, de leur côté, créent de nouveaux instruments financiers, dérégulent les marchés et attirent tous les prêteurs.

Et puis, tout s'inverse : en 2007, la partie du monde supposée être riche se découvre endettée vis-à-vis de l'autre, supposée être pauvre. Comme souvent par le passé, une nouvelle explosion d'une nouvelle bulle d'actifs déclenche une crise bancaire et une dépression, vite reportées sur les contribuables. Dans tous les pays occidentaux, la dette souveraine augmente alors dans des proportions jusque-là inconnues, hormis en période de guerre. En 2010, si l'on exclut le Zimbabwe, la dette publique nette la plus élevée est celle du Japon avec 227,4 % du PIB ; la dette publique des États-Unis atteint 8,6 trillions de dollars, soit 59 % du PIB et 554 % des revenus fiscaux américains ; les emprunts annuels y représenteront 208 % des revenus fiscaux. En 2010, le Trésor américain doit refinancer plus de la moitié de sa dette ; il le fait pour moitié grâce à des capitaux venus de l'étranger, dont la moitié en provenance du Japon et de la Chine. La dette publique européenne, elle, représente 79,6 % du PIB de l'Union ; celle de la Grande-Bretagne approche les 80 % du PIB ; celle de la Grèce, les 125 % du PIB, dont les quatre cinquièmes dus à l'étranger. En France, la dette publique représente 83,6 % du PIB et 465 % des revenus fiscaux ; les emprunts publics annuels y représentent 137 % des revenus fiscaux. Plusieurs pays, d'Europe et d'ailleurs, attaqués par les marchés, se préparent, sans le dire, et malgré les décisions les plus récentes de soutien, à se déclarer en faillite, ou au moins à rééchelonner leur dette.

Au total, les banques occidentales ne peuvent plus guère prêter, dans la mesure où elles cherchent à tout prix à réduire leur propre dette ; et les souverains ne peuvent plus guère agir, dans l'impossibilité où ils se trouvent d'augmenter la leur. L'Occident est devenu le fantôme de lui-même.

Étrange situation, où les riches vivent aux crochets des pauvres, où des Chinois gagnant moins de 1 000 euros par mois consacrent la moitié de leurs revenus à financer les salaires de fonctionnaires, de militaires et de chercheurs américains gagnant plus du décuple de leur revenu ; où le système bancaire mondial finance la consommation des pays du Nord par l'épargne des pays du Sud en prélevant au passage de confortables commissions ; où les vieux vivent du travail des jeunes ; où les souverains des pays pauvres ne tiennent pas à voir leurs populations s'enrichir trop vite ; où personne ne tient vraiment à connaître la réalité des dettes des souverains ; où la théorie est totalement défaillante, incapable même de définir les concepts, encore moins d'en mesurer une traduction comptable ; où tous reportent la facture finale sur d'innombrables boucs émissaires.

Aujourd'hui, beaucoup parmi les dirigeants pensent s'en tirer une fois de plus par mille expédients. Ils croient que quelque chose d'imprévu fera disparaître les montagnes de dettes. C'est, une fois de plus, refuser d'entendre ceux qui disent que tout cela va très mal finir. C'est oublier que la dette, si elle est mal gérée, ruine toujours et les créanciers, et les débiteurs. C'est ne pas se rappeler que la guerre attend, trop souvent, le débiteur au tournant du défaut. C'est négliger le fait que le marché, qui courtise l'État quand tout va bien, n'hésite pas à l'attaquer quand tout va mal.

Et tout va mal : au rythme actuel, la dette souveraine des principaux pays d'Occident dépassera bientôt la richesse qu'ils produisent annuellement, sans qu'ils soient en croissance forte ni en inflation, contrairement à ce qui s'est passé chaque fois que la dette a explosé. Même sans hausse des taux, les intérêts payés sur la dette publique par les pays riches feront plus que doubler entre 2007 et 2014. Chacun des citoyens de ces pays aura à financer, en sus de ses emprunts personnels, une part de la dette publique égale à un an de son revenu personnel, autrement dit trois ans de revenu par actif.

La Grèce, l'Espagne ou le Japon ne sont pas les seuls concernés. Comment réagirait par exemple un investisseur privé qui aurait à investir dans une entreprise dont la dette représenterait cinq ans de chiffre d'affaires, dont les pertes annuelles seraient le cinquième du chiffre d'affaires et dont les besoins annuels d'emprunt dépasseraient le chiffre d'affaires ? C'est la réalité de la France d'aujourd'hui. Si la tendance actuelle n'était pas rapidement inversée, l'État français, comme beaucoup d'autres, pourrait en effet se révéler un jour (plus proche qu'on ne croit) incapable de maintenir le fonctionnement normal des services publics les plus fondamentaux : écoles, hôpitaux, armée, police et paiement des retraites. Il en irait de même pour bien des institutions sociales et des collectivités locales.

Le pire n'est pourtant pas une idée neuve en la matière : le défaut est depuis longtemps la solution la plus fréquente en matière de surendettement. Entre 1800 et 2009, il y a eu 250 défauts sur la dette externe, et 68 sur la dette publique. Seuls le Canada, le Danemark, la Finlande, la Norvège, la Corée du Sud, Hong Kong, Singapour, Taïwan, l'Australie et la Nouvelle-Zélande ont jusqu'à présent réussi à éviter de faire défaut ; et encore, certains de ces pays n'en sont-ils pas passés bien loin.

La ruine de l'Occident tout entier constitue donc un scénario crédible, aussi peu attendu des contemporains que le fut en son temps celle de Venise, de Gênes ou de Madrid. Comme par le passé, la démesure de la dette souveraine peut être le déclencheur de cette ruine en même temps que le moyen de prendre conscience de son imminence : par les contraintes qu'elle impose, elle constitue un principe de réalité.

Nul ne sait quand les marchés siffleront la fin de la récréation en faisant monter partout les taux d'intérêt ; ni si les opinions exigeront des gouvernants qu'ils déclarent un moratoire sur leur dette souveraine pour pouvoir continuer à financer les services publics. Aucun ratio ne permet de tracer la limite entre la bonne et la mauvaise dette, ni de fixer le juste niveau de la bonne dette, ni d'arbitrer le duel mortel entre l'État et les marchés. Nul ne peut affirmer qu'il existe un niveau idéal de déficits et de dettes. L'Histoire montre seulement que les marchés financent aisément des niveaux de dettes beaucoup plus élevés que ceux prévus par toutes les doctrines ; et que des pays se portent relativement bien avec une dette égale à 250 % de leur PIB, alors que, à l'inverse, d'autres font défaut avec une dette souveraine égale à 20 % de leur PIB. Aucun ratio n'est pertinent pour prédire le déclenchement d'une crise, si ce n'est, peut-être, la part du service de la dette dans le budget : lorsqu'il atteint 50 % des recettes fiscales, le désastre est inévitable. En général, à ce niveau d'endettement public, le gouvernement est contraint d'intervenir en réduisant massivement les dépenses, ou le marché réclame son dû.

En fait, le déclenchement d'une crise de la dette souveraine dépend d'un très grand nombre de paramètres : la confiance des prêteurs, la coordination de leurs attentes, la capacité politique du pays à tenir parole, l'évolution de son taux de croissance, celle des taux d'intérêt, de la démographie, du taux d'épargne, la capacité de ses recettes fiscales à servir la dette, son surplus primaire (c'est-à-dire son solde budgétaire avant le service de la dette), l'état de ses actifs, sa capacité à emprunter dans sa propre monnaie, l'aptitude de son gouvernement à lever encore de l'impôt et à faire des économies. Dans ce domaine, plus qu'en aucun autre, l'économie n'est qu'une science politique. Plus politique que science…

Il ne faut donc pas dramatiser à partir de ratios simplistes, ni se rassurer parce que d'autres font pire. La seule chose certaine est que nous sommes tous, en Occident, entrés dans une zone dangereuse, celle où le souverain et le marché s'observent, en se demandant lequel des deux va tirer le premier.

Pour éviter une telle issue, une stratégie est possible : très ambitieuse, presque impossible à mettre à l'œuvre, difficile même à inscrire à l'ordre du jour des principaux souverains.

Pour commencer, il faut comprendre et faire comprendre à tous que le pire est possible ; que notre monde longe un précipice ; que la dette publique résulte de la difficulté d'augmenter les recettes au même rythme que les dépenses. Elle est, plus précisément, la mesure de la réticence des peuples à admettre l'inéluctable socialisation des services d'assurance et de soins ; elle est le signe de la faiblesse des États et de l'absence de consensus social. Il convient ensuite d'évaluer lucidement les responsabilités des uns et des autres dans l'endettement, en particulier celles du système financier : il serait scandaleux d'avoir à réduire des programmes sociaux pour financer les imprudences des banquiers. Il faut aussi refuser de céder à l'illusion de la décroissance, qui aggraverait le poids relatif de la dette et réduirait le pouvoir d'achat des générations futures. Il faut encore bien connaître les comportements, stratégies et préoccupations des créanciers. Ce dernier point est essentiel : c'est par l'empathie des marchés que le souverain pourra survivre. Il faut aussi comprendre que trouver de nouvelles sources d'emprunt n'est pas une solution.

Nous devons nous préparer, en particulier en France, à procéder à des économies considérables, à augmenter significativement impôts et cotisations sociales et même à laisser filer une certaine inflation.

Fort pénibles, ces mesures sont inévitables à moins d'un retour rapide à une croissance forte, peu vraisemblable à court terme ; ou d'une tout autre organisation de l'administration du pays, encore moins probable.

Pour retrouver de réelles marges de manœuvre, il conviendra en effet de bâtir des budgets publics de telle façon qu'ils dégagent un excédent suffisant pour ramener la dette à un niveau tolérable, maintenant la liquidité et la solvabilité du souverain, et permettant de financer les promesses faites aux générations actuelles pour leur retraite et les dommages causés à l'environnement. Par ailleurs, il conviendra de faire en sorte que la dette souveraine ne finance que des dépenses d'avenir, c'est-à-dire des investissements d'infrastructures, matériels ou immatériels, porteurs d'une croissance nouvelle.

La vraie solution à la crise de la dette, c'est en effet la croissance, qui suppose des investissements concurrentiels, lesquels exigent des infrastructures publiques. La disparition de la mauvaise dette suppose donc la croissance de la bonne dette.

Si rien de sérieux n'est accompli dans cette direction, la dette publique ne fera que croître, et il faudra alors créer une Caisse nationale d'amortissement qui en étalera le poids sur une période plus longue, par exemple cinquante ans. Cette issue s'apparenterait à un moratoire, assorti de conséquences très négatives, et ne pourrait constituer qu'une solution extrême.

Les réformes évoquées ici s'imposeront alors de toute façon après une nouvelle crise majeure qu'elles auraient pu permettre d'éviter : comme en 1944, quand on a fini par procéder aux réformes et mettre en place les institutions financières internationales dont certains avaient rêvé dès 1920.

L'avenir dépend de la tournure que va prendre le débat politique. Il devrait permettre de replacer la question de la dette publique au premier rang des préoccupations des citoyens, en la situant dans son vrai contexte : celui de la place du collectif dans des sociétés attachées à la liberté individuelle. Il appartiendra alors, en toute priorité, aux électeurs de ne pas laisser le souverain entre les mains de ceux qui pensent et agissent comme s'ils ne devaient jamais rendre compte de leurs actes aux générations futures.

La crise de la dette en Irlande pourrait bien provoquer ce train de réformes nécessaires. Érigée en modèle du nouveau capitalisme, l'Irlande est aujourd'hui confrontée à une crise d'une envergure encore inconnue. La dégradation soudaine de sa position, nécessitant un plan de soutien de l'Union européenne à la mi-novembre 2010, manifeste bien la précarité de nos économies. La solidarité manifestée par le Royaume-Uni, pourtant peu européiste, pourrait pourtant présager d'une union nouvelle en Europe.

CHAPITRE 1
Naissance de la dette publique

Depuis toujours, quelle que soit leur légitimité, les souverains s'emparent des terres, des femmes et des richesses de ceux qui les entourent, afin d'accumuler des surplus, de financer des armées, de consolider leur pouvoir. Ainsi deviennent-ils, puis restent-ils, souverains, c'est-à-dire maîtres de leur environnement. Ils le font par la foi, en convainquant les fidèles que leurs offrandes leur assureront la paix avec l'au-delà. Ils le font par la peur, en pillant ou en imposant un tribut à leurs sujets. Ils le font par la raison, en échange d'une protection et d'une sécurité promises à leurs concitoyens. Dans tous les cas, ils ont besoin d'user – ou de menacer d'user – de la force pour s'assurer du respect de leurs privilèges.

Récemment dans l'histoire humaine, ces souverains se sont engagés à rendre certaines de ces ressources à ceux à qui ils les avaient prises, parfois même avec intérêt, après en avoir fait usage : cela s'appelle l'emprunt public. Cumulés, ces emprunts deviennent la dette publique.

La dette avant la dette

Légitimés par la force, les premiers souverains, quand ils ne peuvent lever assez d'impôt ou de butin de guerre, empruntent d'abord aux temples, bénéficiaires des sacrifices et des offrandes des fidèles. Les dettes de ces souverains sont personnelles et ne se transmettent pas à leurs héritiers ou successeurs. Comme les impôts, elles ne servent, en général, qu'à financer les guerres et les plaisirs du souverain.

On ne sait pas avec certitude quand cela commence. Peut-être dès la Mésopotamie, où il existe des banques au moins dès le VIe siècle avant notre ère – ainsi celle de la famille Egibi, à Babylone, et celle de la famille Marashu, à Nippur –, qui pratiquent le prêt à intérêt d'argent et de grain. Peut-être dès le royaume d'Israël, au temps de Salomon, voire plus tard, quand la Torah autorise, non sans réticence, le prêt à intérêt ; ou encore à Athènes, où se développent les prêts maritimes.

C'est en tout cas en Grèce qu'est répertorié le premier cas connu de prêt souverain : au Ve siècle avant notre ère, les dirigeants de Sparte et de plusieurs autres cités grecques alliées, à court d'argent quand débute en –431 la guerre du Péloponnèse qui les oppose à Athènes, empruntent sans intérêt des ressources qu'ils ne peuvent saisir : les réserves des sanctuaires d'Olympie et de Delphes, destinées en théorie à financer les cultes et à entretenir les domaines sacrés. Dans le camp d'en face, Athènes, progressivement ruinée par cette guerre, doit elle aussi emprunter aux temples : de −426 à −422, les dirigeants de la cité contractent trois emprunts auprès des prêtres d'Athéna Polias, d'Athéna Nikè et d'Artémis, puis auprès de sanctuaires étrangers, exhortant par ailleurs la population à leur prêter des ressources en échange d'honneurs de toutes sortes. Ce qui n'empêche pas ce conflit ruineux de mettre fin au siècle d'or d'Athènes.

Un siècle plus tard, dix des treize cités de l'Association maritime de l'Attique, créée au temps de la gloire d'Athènes, font défaut sur leurs emprunts au temple de Délos ; au même moment, le tyran dont Platon voulait faire un modèle, Denys de Syracuse, très endetté, réquisitionne toutes les pièces de monnaie en circulation sur l'île, les estampille en doublant leur valeur, et s'en sert pour régler ses créanciers. Échaudés par ces défauts brutaux ou larvés, quelques prêteurs, prêtres ou laïcs, obtiennent alors des princes de ce temps des contrats écrits garantissant leur remboursement avec, en outre, des privilèges particuliers, honneurs ou dispenses. Au total, la croissance démesurée de la dette publique n'est pas pour rien dans le déclin des cités grecques au profit de Rome.

À Rome, les souverains successifs, rois ou consuls, n'empruntent que rarement, eux aussi toujours à titre personnel, et presque toujours pour conduire une guerre, en complément des impôts ou des butins. Ainsi, lors de la première guerre punique (de −264 à −241) contre Carthage, l'élite romaine, menée par Appius Claudius Caudex, finance, pour le compte de l'État, deux cents navires de guerre à cinq rangs de rameurs (des « pentères »), par des prêts sans intérêt, remboursés par le butin de guerre après la victoire des îles Égates (– 241). En – 217, lors de la deuxième guerre punique – cette fois contre Hamilcar, qui manque de prendre Rome –, les fermiers adjudicataires des marchés publics de la ville avancent de l'argent à l'armée romaine au bord de la déroute, en échange d'une dispense de tout service armé.

L'année suivante, après la défaite de Cannes (où les armées romaines sont pourtant en surnombre), Rome emprunte encore du blé, de l'argent, 500 archers crétois et 1 000 peltastes au roi de Syracuse, Hiéron II – lequel, après avoir été l'allié de Carthage, s'est soumis aux Romains. Heureusement pour Rome, ce créancier meurt avant d'avoir exigé le remboursement de sa créance, qui s'éteint avec lui.

En – 210, devant la menace carthaginoise toujours présente, les sénateurs, les chevaliers et la plèbe prêtent à la ville tous leurs métaux précieux. Quand, en – 204, le sort des armes se retourne enfin en faveur de Rome, le consul Marcus Valerius Laevinus rembourse aux prêteurs – toujours sans intérêt – leurs contributions des six années précédentes. Apparaît dès lors dans le droit romain la distinction entre prêt et confiscation, concepts que l'historien Tite-Live désigne alors, l'un par *mutae pecuniae* (prêt sans intérêt), et l'autre par *conlatae pecuniae* (collecte gratuite).

Juste avant le début de notre ère, César emprunte 40 millions de sesterces pour se faire élire Pontifex Maximus. Au Ier siècle de notre ère, Octave, devenu l'empereur Auguste, contracte aussi à titre personnel plusieurs emprunts auprès de l'un de ses affranchis, Licinius, pour financer de grands travaux dans la ville.

Il n'y a toujours pas de dette publique au sens moderne, puisqu'il n'y a pas d'État créancier ni de marché secondaire sur lequel le prêteur pourrait revendre sa créance. La dette reste un contrat personnel entre un prêteur et un emprunteur, en général sans que soit versé aucun intérêt. Il n'y a donc pas non plus de financiers pour organiser la collecte et la circulation de l'épargne, ni pour la placer dans des investissements productifs. Aussi l'économie privée ne décolle-t-elle pas, et le remboursement d'un intérêt, qui implique une croissance réelle de l'économie, reste impossible, sauf par un butin de guerre.

Pendant tout le premier millénaire de notre ère, l'emprunt continue, comme l'impôt, d'être le privilège personnel des princes. La guerre en est la principale motivation, et le seul moyen de son remboursement. Les Juifs, seuls autorisés à pratiquer le prêt à intérêt, deviennent les prêteurs forcés des seigneurs musulmans, puis des princes chrétiens. Il s'agit là encore d'emprunts personnels, et l'institution souveraine, le trône, n'a d'autre existence que celle de son occupant. Les prêteurs doivent donc s'en remettre au caprice du prince, qui n'a, comme toujours, qu'une seule idée en tête : se fâcher avec son créancier pour avoir une bonne raison de ne pas le rembourser. En 789, le roi des Francs et des Lombards, Charlemagne, par une *Admonitio generalis*, interdit d'ailleurs les prêts à intérêt et chasse les changeurs « syriens » – c'est-à-dire juifs – qui finançaient quelques-uns des princes avant lui.

Naissance du souverain en Angleterre

C'est par les institutions religieuses chrétiennes, premières collectivités stables, qu'apparaît au IXe siècle en Europe la distinction entre l'emprunteur et l'institution qu'il représente.

À ce moment, en effet, au sein de l'Empire carolingien, la durée de vie des monastères – en particulier bénédictins, établis d'abord au mont Cassin, en Italie, vers 529, par Benoît de Nursie – dépasse nettement celle des moines qui y vivent ; de ce fait, ces établissements commencent à distinguer leur patrimoine de celui de leur abbé. Mais ils n'empruntent pas pour autant.

Les Juifs restent les seuls prêteurs des souverains. Forcés de prêter pour avoir le droit de résider, ils sont expulsés quand le monarque peut se passer de leurs prêts ultérieurs, ou quand il a davantage à gagner à saisir d'un coup la totalité de leurs patrimoines. Ainsi, en mars 1182, Philippe Auguste, qui vient d'être couronné roi de France à 15 ans,

Naissance de la dette publique 29

dépouille les Juifs de tous leurs biens et les contraint à émigrer. Six ans plus tard, toujours à court d'argent, il les rappelle. Leurs prêts restent des créances personnelles qui s'éteignent avec le souverain.

Au même moment, en Chine, les empereurs Song empruntent aux marchands et aux grands féodaux de quoi mener leurs guerres contre les Tangut, dans le Shaanxi, sur la frontière du nord-ouest.

Au début du XIIIe siècle apparaît pour la première fois dans l'Histoire, semble-t-il, le principe de continuité des créances entre souverains d'un même territoire. Cela advient justement dans un établissement religieux, bien avant de survenir au sein d'un État : dans un monastère anglais, à Evesham, au cœur des Midlands, l'un des moines, Thomas de Marlborough, propose à ses compagnons d'intenter un procès à l'évêque de Worcester qui vient de leur prendre par la force des paroisses très rentables. Thomas les encourage à se comporter comme le firent, dit-il, Mattathias et les Maccabées dans la Bible, qui « *préférèrent mourir [...] plutôt que subir une sujétion, un esclavage complet et la ruine perpétuelle de la liberté de leur église* ».

Les moines hésitent : le procès promet d'être très onéreux, voire très long, car le respect des procédures de la *Common Law*, en vigueur depuis la fin du XIIe siècle, oblige désormais les monastères à acheter au prix fort un *writ* royal leur garantissant le traitement rapide de leur procès devant la juridiction civile. Or les moines ne souhaitent ni attendre, ni vendre des terres. Thomas leur propose donc de financer ce procès par un emprunt, arguant que « *le monastère est comme immortel* », et que, de toute façon, le prêt sera assez vite remboursé par le gain du procès. Les moines sont perplexes, car les intérêts demandés par des marchands romains installés à Londres sont très élevés, alors que l'issue du procès reste aléatoire ; ils demandent l'accord du pape Innocent III, lequel approuve le prêt, assimilant en droit canon l'intérêt à une « compensation ».

En 1205, le monastère contracte donc deux emprunts auprès de ces marchands : l'un de 400 marcs d'or, souscrit personnellement par l'abbé ; l'autre, inédit, de 500 marcs, sous le sceau du seul monastère : ce n'est plus un prêt personnel, mais le premier prêt institutionnel de l'Histoire dont on ait gardé la trace.

Pour payer les intérêts de cet emprunt collectif, destiné à régler les frais du procès devant la justice civile, les moines acceptent, après bien des discussions, de réduire leur train de vie. Ainsi, écrira la chronique du monastère, « *tout ce qu'il* [Thomas de Marlborough] *nous avait enlevé contre notre gré, à savoir les revenus de pitancerie, affectés à la boisson, en dehors de quelques libéralités en vin à notre intention, et les revenus de la fabrique de l'église, et encore deux potages de froment et de fèves, avec les pains blancs et les libéralités du cellier, sauf en certains jours précis, et aussi les couvertures, tout cela donc reviendrait à son usage afin de payer les frais du pro-*

cès tant que le procès durerait ». La stratégie se révèle payante : Thomas gagne rapidement le procès. En 1208, l'évêque de Worcester est contraint à l'exil et le souverain d'alors, « Jean sans Terre », chasse même d'Angleterre les créanciers romains du monastère.

Peu après, racontant cette histoire, le rédacteur anonyme des chroniques d'Evesham écrivit que « *personne ne réclama cette dette, et le couvent ne savait plus à qui il la devait, mais si quelqu'un devait la réclamer, celui-ci pourrait obtenir plus de trois cents marcs* ».

Naissance du Trésor public en Italie

Un peu plus tard encore, au milieu du même XIIIe siècle, les souverains (princes et armateurs) des principales cités italiennes (Venise, Florence, Gênes), n'ayant pas les moyens de lever assez d'impôt, empruntent aux marchands de la ville de quoi financer les guerres qu'ils se livrent les uns aux autres afin d'assurer leur suprématie commerciale. Ces prêts sont d'abord semi-obligatoires, à court terme et à taux très élevé ; puis la durée des emprunts s'allonge et les taux baissent. Le souverain ne lève plus l'impôt seulement pour les besoins de sa puissance, mais commence à rendre quelques services à ses sujets.

À partir de 1262, Reniero Zeno, 45e doge de Venise, qui mène alors une guerre impitoyable contre

Gênes, affecte explicitement la dette à la ville en confiant sa gestion à un établissement spécialisé, dit « il Monte » (car la dette est une « montagne »). Ainsi naît à Venise le Trésor public. Le doge incite les patriciens fortunés à prêter et fixe le taux d'intérêt annuel à 5 %. Des lois interdisent d'investir en dehors de Venise et on contourne encore l'interdiction du prêt à intérêt en parlant d'« indemnité » au lieu d'« intérêt ». Environ le quart de la fortune privée des Vénitiens est ainsi investie dans ces obligations de la Sérénissime. Les dettes publiques ne sont remboursées avec intérêt que par des butins de guerre, voire par de nouveaux impôts spécifiques, frappant parfois les prêteurs eux-mêmes pour financer leur propre remboursement. En cas de guerre, le paiement d'intérêts est suspendu et le cours des obligations chute, leur dépréciation pouvant aller jusqu'à 70 %.

Florence fait de même, puis Gênes, où l'on nomme *compera* la caisse qui gère les emprunts publics, ce qui renvoie au droit du prêteur de bénéficier d'un impôt sur le sel, spécialement assigné au remboursement de la dette.

Ces emprunts deviennent ainsi véritablement « souverains » et transmissibles. Ils deviennent même perpétuels, ouvrant droit à intérêt aussi longtemps que la ville n'a pas racheté le principal. Parfois, comme à Florence, les marchands prêteurs en viennent à prendre le pouvoir dans la cité emprunteuse.

En 1223, le roi de France Louis VIII, à court d'argent, spolie à nouveau les Juifs de son royaume : pourquoi emprunter quand on peut prendre ? Son successeur, Louis IX, l'imite en 1230 et en 1234 ; en 1266, le même futur « saint Louis » frappe une pièce d'argent presque pur (un peu plus de 4 grammes d'argent par pièce), appelée « gros tournois », qui devient, en 1295, sous son successeur Philippe le Bel, un « gros » contenant moins d'argent. Toute une série de dévaluations amène ce « gros » à un tiers de sa valeur d'origine. En 1306, n'ayant pas obtenu des Flamands, par le traité d'Athis-sur-Orge, les indemnités de guerre espérées, Philippe le Bel expulse les Juifs de France, juste après que, le 18 juillet 1290, Édouard Ier les eut, lui aussi, chassés d'Angleterre dans le même but. Cette décision rapporte au souverain français 200 000 livres, soit bien davantage que les recettes fiscales et les emprunts qu'il pouvait attendre de cette communauté. Puis Philippe le Bel bannit ou fait massacrer ses autres financiers, dont les membres de l'ordre du Temple, gestionnaires des biens des croisés, gardiens du Trésor royal, chargés des opérations de banque les plus complexes : consignations, cautions, avances de fonds, prêts sur gages, envois d'argent d'un pays à l'autre, encaissements, levées de taxes, constitutions de rentes et de pensions, etc.

En 1315, son successeur, Louis X, autorise les Juifs à revenir dans le royaume, juste le temps nécessaire pour recouvrer leurs créances, parce qu'ils sont seuls à les connaître et donc à pouvoir les réclamer, mais « *à condition que deux tiers en soient remis à la couronne* ».

Un siècle après Venise, dans les nouvelles villes marchandes du Nord (Bruges, Gand, Louvain, Leyde, Anvers, Lille), les créances publiques sont enregistrées devant notaire et deviennent transférables.

En 1340, dans la Sérénissime, le Monte Vecchio, conforté là aussi par l'affectation d'un impôt spécifique au remboursement de ses emprunts, finance de nouvelles guerres contre Gênes par un emprunt à 5 % à des *prestiti* vénitiens qui peuvent désormais les revendre sur un marché secondaire. Ces marchés servent aussi de plus en plus au financement de la marine et de l'industrie textile.

En 1343, à Florence, le Monte Comune verse aussi 5 % d'intérêt aux prêteurs, puis, à court d'argent, suspend le paiement des intérêts pour deux ans et doit de nouveau emprunter pour rembourser. C'est le pire cas de figure : s'endetter pour servir l'intérêt d'une dette.

En 1378, pendant que continue la guerre contre Gênes, Venise interrompt à nouveau le versement des intérêts de sa dette et cesse de rembourser le principal. En 1380, la dette florentine atteint un million de florins, montant énorme. En 1381, Gênes et Florence, écrasées par leur endettement, incapables de financer leur combat, finissent par reconnaître la suprématie de Venise.

Entre 1400 et 1427, la dette publique de Florence atteint 5 millions de florins. En dépit de l'incertitude des remboursements, et en raison de taux d'intérêt très élevés, les prêts aux cités italiennes sont alors des placements très recherchés par les princes d'alentour : les Visconti de Milan, les Este de Ferrare et Gonzague de Mantoue proposent leurs capitaux à Florence. En 1409, le roi Jean Ier du Portugal devient lui aussi un créancier de Florence. Quand une cité ne peut rembourser son créancier étranger, le prêt devient un problème diplomatique. Ainsi, le pape Eugène IV, furieux de ne pas recevoir de Florence les intérêts dus sur un prêt de 5 000 florins, saisit à Rome des marchandises florentines et fait arrêter l'ambassadeur de Côme de Médicis, Bernardo Antonio de Médicis, lequel doit rembourser le prêt de sa poche. Géopolitique, diplomatie, dette publique et dette externe se mêlent et s'imbriquent. Elles ne se dissocieront plus.

Les théologiens italiens continuent de se disputer sur le caractère moral de la dette publique contractée par des villes. Pour les uns, comme le Florentin Lorenzo Ridolfi et le Vénitien Pietro d'Ancarano, ces emprunts (volontaires ou forcés) sont parfaitement légitimes et nécessaires, en particulier pour financer les dépenses de sécurité ; ainsi Lorenzo Ridolfi défend-il le principe du Monte Comune dans son *Tractatus de usuris* l'année même où il est décidé que nul ne pourra être élu à un poste public à Florence s'il n'a pas souscrit pendant plusieurs années à l'emprunt forcé. À l'inverse, vers 1490, le tout-puissant Fra Girolamo Savonarole, rappelé à Florence par Laurent de Médicis, s'oppose à toute forme de richesse, privée aussi bien que publique, et à toute forme de rémunération de l'argent, en particulier à l'emprunt forcé, expliquant que « *les pères de l'Ancien Testament, qui avaient beaucoup d'ennemis et ont dû faire de nombreuses guerres, n'ont jamais fait d'emprunt forcé ; et que le paiement d'intérêt doit être supprimé* [...]. *Le Monte conduit les hommes à la ruine morale en leur permettant de recevoir un intérêt, qui est diabolique* ».

Naissance des fermiers généraux en France

Les guerres restent la principale source de dépense des princes et la principale justification des emprunts souverains ; le butin reste le principal moyen de leur remboursement. En France, pendant la guerre de Cent Ans entre Plantagenêts et Capétiens (de 1337 à 1453), le roi de France ne réussit pas à emprunter auprès des grands marchands étrangers : ceux-ci savent que les successeurs des rois emprunteurs ne reconnaissent pas les dettes de leurs prédécesseurs ; de plus, les prêteurs, victimes d'innombrables exactions, refusent de se risquer en territoire français. Chaque souverain exige alors des prêts plus ou moins forcés des grands marchands français, tels Hugues Aubriot sous Charles V et Jean Le Mercier sous Charles VI. L'un et l'autre sont ainsi contraints de prêter au monarque des montants colossaux. En échange, l'un devient prévôt des marchands en 1364 ; l'autre est nommé membre du conseil du roi en 1388. L'un et l'autre se retrouvent immensément riches et puissants, avant d'être chassés ou emprisonnés et ruinés : il ne fait jamais bon être créancier d'un souverain.

À la fin du XVe siècle, en France, alors que s'éloignent les souvenirs de la guerre de Cent Ans, d'autres grands marchands (tel Jacques de Beaune, devenu baron de Semblançay en 1516) s'établissent pour un temps aux postes financiers les plus stratégiques, de par leurs capacités à prêter au souverain, et réussissent même parfois à transmettre leur charge sur plusieurs générations. Des municipalités – dont Paris – empruntent auprès de leurs propres marchands des sommes qu'elles reprêtent ensuite en partie aux caisses royales. Cela sera une source durable de financement du Trésor public.

En 1522, soit sept années après son accession au trône, François Ier devient le vrai premier emprunteur souverain de France : il souscrit d'abord un prêt de 200 000 livres auprès des marchands de Paris. Puis, en 1535, bien après les cités italiennes, il émet la première rente perpétuelle de la monarchie française, reconnaissant ainsi la valeur durable de la parole royale. On ne rembourse plus la dette publique ; on en paie les intérêts et on la refinance. En 1545, le même roi étant tombé très malade, ses créanciers demandent à son fils Henri de cosigner tout nouvel emprunt du monarque en exercice. L'année suivante, en 1546, après bien des réticences, François Ier l'y autorise.

Devenu roi en 1547, Henri II emprunte à son tour massivement, toujours pour financer ses armées, aux mêmes marchands, ainsi qu'à des nobles propriétaires fonciers. Ces créanciers prennent peu à peu en main la gestion des recettes fiscales et les opérations de crédit, en particulier le recouvrement et la répartition des droits de douane entre le roi et les provinces. Ainsi apparaissent les *fermiers généraux*, à qui le souverain délègue progressivement la perception de la taille, de la gabelle, des « aides » pesant sur les produits de consommation, et des « traites » sur le commerce extérieur. Ces fermiers sont groupés en « partis » qui prennent en adjudication, pour six ans, ce droit de perception, assurant au roi une rentrée rapide d'argent, puis se remboursant sur les contribuables.

Peu après, pour la première fois dans le monde, une dette souveraine est validée en France par les représentants d'un peuple : en 1560, les députés aux états généraux d'Orléans, convoqués par la régente Catherine de Médicis sous le règne commençant de Charles IX, avec Michel de L'Hospital comme chancelier, reconnaissent l'énorme dette (43 millions de livres) laissée par le roi défunt comme étant celle du pays. Ils proposent même d'affecter certains biens publics à son remboursement afin d'attirer la confiance des prêteurs. Après un affrontement politique d'une grande intensité, le clergé lui-même se retrouve contraint de contribuer à ce remboursement.

Le Trésor public est né.

Chapitre 2
Quand la dette publique fait l'histoire

Avec l'État moderne se mettent peu à peu en place tous les instruments utiles à son expansion, et d'abord ceux d'une gestion sophistiquée de la dette publique. Moratoires, inflation, étalement sont les étapes inévitables de son évolution, sans cesse recommencée, scandée par des révolutions qui conduisent peu à peu le peuple aux commandes de l'entité souveraine.

Les premiers moratoires d'État

Au début du XVIe siècle, l'empire des Habsbourg, devenu espagnol par l'installation à Madrid du flamand Charles Quint, utilise massivement l'emprunt pour financer ses guerres. Son fils Philippe II ne compte, pour financer ses offensives contre la Réforme, que sur les prêts de banquiers allemands, génois et portugais, remboursés par le butin de guerre. Puis l'or et l'argent affluent d'Amérique et remplissent les caisses du monarque, sans jamais réduire ses emprunts, car les théoriciens du moment expliquent que les métaux précieux ne doivent jamais sortir des coffres royaux.

Durant la dernière décennie du règne de Philippe II, de 1588 à 1598, les dettes souveraines atteignent, selon les premières estimations statistiques disponibles, les deux tiers du PIB ; le roi fait défaut à quatre reprises. Ses successeurs ne sont pas en reste : même si, au XVIIe siècle, l'inflation, encouragée par l'afflux d'argent d'Amérique, rogne la dette des Habsbourg, ils font encore banqueroute par deux fois entre 1600 et 1627. Au total, l'Espagne détient le record mondial du nombre des défauts sur la dette souveraine : treize fois entre 1500 et 1900 !

Vers 1590, Gênes, premier marché financier en Europe, ne dispose plus d'assez de ressources humaines et financières pour tenir tête sur tous les fronts à ses concurrents. Dépourvue d'armée, elle ne peut empêcher les Hollandais, enfin libres, de prendre le contrôle des nouvelles routes de l'Atlantique et d'attirer vers elle l'or et l'argent d'Amérique. Gênes s'efface donc, vers 1620, sur un coup de force qui consolide Amsterdam. Vers cette date, le centre du capitalisme bascule ainsi une seconde fois de la Méditerranée vers l'Atlantique.

Chez les princes allemands, les emprunts sont encore gérés par les communautés juives, en particulier par des banquiers spécialisés que les historiens nommeront « Juifs de cour ». Certains d'entre eux deviennent alors les premiers banquiers d'Europe.

Ainsi, à Vienne, en 1621, où sont revenus s'installer les Habsbourg, les Oppenheimer, petits prêteurs sur gages devenus banquiers de la cour, organisent d'énormes emprunts pour l'empereur. En 1673, alors que la communauté juive est chassée de la capitale, Samuel Oppenheimer apporte encore à l'empereur les moyens de financer sa guerre contre la France, puis, en 1682, celle contre les Turcs, sans jamais être remboursé. En 1701, il finance encore la guerre de succession d'Espagne – et ne rentre toujours pas dans ses fonds. À sa mort en 1703, le Trésor impérial lui doit quelque 5 millions de guldens qu'il refuse de rembourser à ses héritiers, entraînant la banqueroute de la maison, dernière firme juive de Vienne, où les Juifs ne remettront pas les pieds avant trente ans.

La monarchie française n'est pas mieux lotie que les autres puissances continentales. Manquant de recettes fiscales, d'épargne, de banquiers et de marché financier et n'ayant jamais attiré la confiance des prêteurs étrangers, la couronne de France en est réduite, pour survivre, à vendre à tout prix des offices. En 1598, Sully institutionnalise le système des fermiers généraux en confiant à une seule « ferme » – au lieu de cinq – la perception des droits levés pour le roi dans les provinces.

La dette publique française explose au moment des grands conflits du XVIIe siècle, et d'abord pendant la guerre de Trente Ans, qui vide les caisses de l'État. Les emprunts du Trésor royal à l'Hôtel de Ville de Paris, qui constituent depuis François Ier l'une des principales sources d'emprunts souverains, se tarissent du fait de l'incapacité du monarque à en honorer les échéances. À la mort de Louis XIII, le 14 mai 1643, le fascinant cardinal Mazarin, chargé de la régence, découvre que les recettes prévues pour les trois années à venir sont déjà dépensées. Des financiers français et italiens lui avancent des fonds qui couvrent encore jusqu'à 84 % du budget de l'État en 1647. En mai 1648, pendant la première Fronde, et lors de la signature des traités de Westphalie, en octobre, la monarchie chancelante dépend encore entièrement de ses créanciers. Louis XIV, roi-enfant ballotté dans une demi-misère, ne l'oubliera jamais. Même si Mazarin augmente alors d'un tiers le montant de la taille, principal impôt direct, qui avait déjà doublé au temps de Richelieu, même si les financiers répondent encore présents, il manque quelque 10 millions de livres, en 1648, pour financer un budget de 120 millions. C'est la banqueroute qui ruine le pays pendant dix ans. La France perd à jamais toute chance de devenir une très grande puissance.

En 1661, année de la mort de Mazarin, alors que l'inflation galopante entraîne la pénurie, une famine atroce et l'effondrement des mariages et des naissances, faisant chuter la population française de plus d'un million d'habitants, on frôle encore la faillite, en raison des dépenses militaires : guerre de Hollande, guerre de la Ligue d'Augsbourg, suivies de celle, plus terrible encore, de succession d'Espagne en 1700.

D'autres souverains suivent la même pente : en 1672, à Londres, sous le règne de Charles II, le chancelier de l'Échiquier répudie pour un an la dette du roi que le Parlement acceptait parfois de financer. C'est la banqueroute, laquelle vient s'ajouter à la querelle religieuse et déconsidère les Stuarts. En 1688, une révolution porte sur le trône Guillaume III et provoque une guerre de neuf ans contre la France, celle dite de la ligue d'Augsbourg. Il faut encore tripler les dépenses annuelles de l'État sans qu'augmentent les revenus de la couronne.

En 1694, William Paterson, un Écossais ayant fait fortune aux Antilles avant de s'établir à Amsterdam puis à Londres, suggère au gouvernement britannique de financer la guerre contre la France par un grand emprunt émis par une nouvelle banque, dont les plus riches Anglais seraient les actionnaires. L'idée est retenue, et une loi organise la souscription, pour 1,2 million de livres, des actions d'une société nommée *The Governor and Company of the Bank of England*. Grâce à ces capitaux de départ, cette banque nouvelle emprunte et fournit à Guillaume III les moyens de payer son armée. Elle deviendra la première « banque centrale » de l'Histoire.

En 1697, à la paix de Ryswick, la dette nationale anglaise s'élève à plus de 500 millions de livres. Soucieuse de réserver l'épargne anglaise au remboursement des emprunts qu'elle a consentis au Trésor public, la nouvelle banque s'arroge le pouvoir de limiter à 5 % le taux des prêts accordés au secteur privé, et leur durée à quelques mois, limitant ainsi l'activité des banques privées anglaises, comme en Italie et en Flandres, à la seule gestion de la dette publique.

La même année, en vue de rétablir la capacité d'emprunter du pays, le Parlement de Londres accorde aux créanciers dépossédés en 1672 un dividende de 50 % de la valeur de leurs créances pour solde de tout compte. Ainsi, avec plus d'un siècle de retard sur la France, le Parlement britannique reconnaît, au nom du peuple, une partie de ses obligations découlant de l'endettement du souverain.

Tous les princes d'Europe sont tour à tour ruinés par les guerres qui se multiplient : ainsi, Frédéric Guillaume, grand électeur de Prusse, fait défaut en 1683 et, à sa mort, lègue à son fils Frédéric Ier des dettes estimées à près de 20 millions de thalers.

Grâce aux efforts de la nouvelle « banque d'Angleterre », les prêteurs retrouvent néanmoins confiance dans la signature de la couronne britannique. En 1710, à Londres, Daniel Defoe, qui s'occupe encore de politique, en tant qu'agent secret, avant de s'en éloigner pour écrire son *Robinson Crusoé*, explique dans un *Essay upon Public Credit* : « *Comme le crédit public est national, et non personnel, il ne dépend ni d'une chose, ni d'une personne, ni d'un homme, ni d'un groupe, mais du gouvernement, c'est-à-dire de la reine et du Parlement.* »

En 1715, après la terrible guerre de succession d'Espagne, la dette publique anglaise atteint encore 50 % du PIB (cf. tableau 19). Mais comme le surplus primaire du budget britannique (c'est-à-dire l'excédent des recettes sur les dépenses avant remboursement de la dette) est de 7 % du PIB, et que l'économie anglaise est prospère, cette dette souveraine reste supportable. Au même moment, une crise financière majeure survenue aux Pays-Bas fait basculer le centre de la finance mondiale à Londres, assurant au Trésor britannique les moyens de son financement.

En 1721, pour rendre la situation plus sûre encore, sir Robert Walpole, qui vient de prendre en charge les finances, crée, sur le modèle vénitien, un « fonds perpétuel » garantissant le paiement des intérêts de la dette par une source de revenus spécifique. Mais l'argent ainsi mis en réserve dans ce fonds est bientôt utilisé à d'autres fins que le service de la dette, et ce fonds est aboli en 1733.

En 1752, dans son *Essai sur le commerce*, David Hume écrit que la dette publique constitue un péril majeur pour la société, et une atteinte au droit de propriété. En 1763, après la guerre de Sept Ans, la dette publique anglaise atteint 140 % du PIB (cf. tableau 19). Beaucoup s'inquiètent de cette nouvelle dérive. En 1770, Adam Smith, qui travaille alors à sa *Recherche sur la nature et les causes de la richesse des nations* (dix ans après son livre fondamental et trop négligé, la *Théorie des sentiments moraux*), écrit : « *À un certain niveau d'accumulation des dettes nationales, il n'y a guère d'exemple, je crois, qu'elles aient été loyalement et complètement payées. Le revenu public a toujours été libéré, si tant est qu'il l'ait jamais été, par une faillite, quelquefois par une faillite avouée, mais toujours par une faillite réelle, quoique souvent par un prétendu paiement.* »

En 1772, alors que les capitaux et les financiers commencent à quitter Amsterdam pour Londres, un pasteur, Richard Price, publie un *Appeal to the Public on the Subject of the National Debt*, opuscule sur les meilleures façons de réduire la dette publique, qui inspirera à William Pitt le jeune, en 1786, la recréation d'un nouveau « Fonds perpétuel », comme celui de Walpole, interdisant cette fois explicitement à ses ministres d'utiliser l'argent de ce fonds à une autre fin que le remboursement de la dette, et le plaçant même entre les mains de *Commissioners for Reducing the National Debt*, indépendants du gouvernement.

En Europe, les peuples affamés grondent. La guerre menace partout sur le continent. Les armateurs, suivis par les meilleurs financiers hollandais, quittent de plus en plus nombreux les Pays-Bas pour Londres, devenue la cité la plus sûre et la plus dynamique.

Comme toujours, une crise financière ratifie le déclin d'un « cœur » : en 1778, les banques des Pays-Bas font faillite ; le « cœur » du capitalisme traverse définitivement la mer du Nord pour s'installer dans la capitale anglaise, où démocratie et marché progressent d'un même pas. À compter de 1786, la dette publique britannique se réduit, malgré la guerre d'Indépendance américaine, jusqu'à ce qu'en 1793 l'Angleterre entre à nouveau en guerre, cette fois contre la France révolutionnaire.

Dans le même temps, comme ce fut le cas auparavant à Gênes, Venise et Amsterdam, se développe à Londres un système bancaire efficace, qui vient maintenant financer l'industrie, l'armement naval, l'agriculture et les conquêtes coloniales.

Quand gronde la Révolution

En France, pendant ce même XVIIIe siècle, aucun système cohérent d'emprunts publics ne se met en place, d'où l'absence d'un milieu financier et d'un système de crédit efficace. Pour financer la dette publique, on en reste à la ferme générale, à la vente des offices ou à des expédients plus tortueux encore. En 1715, à la mort de Louis XIV, la monumentale dette publique du royaume n'a servi, pour l'essentiel, qu'à financer des guerres, les plaisirs du roi, la construction de quelques châteaux, dont Versailles, le canal du Midi et la fortune d'une poignée de financiers. L'un d'eux, John Law – un Écossais qui, depuis des années, rôde à travers l'Europe, en quête d'un prince qui accepterait d'appliquer ses idées –, propose au Régent, qui gouverne en lieu et place du jeune Louis XV, d'émettre du papier-monnaie contre de l'or. D'après Law, la récession du moment est liée à l'importance excessive de la dette publique, dont la consolidation par ce mécanisme permettrait d'accélérer la circulation monétaire et d'augmenter la production agricole et industrielle.

En 1716, Law est autorisé par le Régent à créer une « Banque générale » dans laquelle il échange à des particuliers leur or et leur argent contre des billets, avec intérêt. Au début, tout va bien et, devant le succès de l'opération, la Banque générale émet plus de billets qu'elle ne reçoit d'or, garantissant cette création monétaire par des revenus publics affectés à cette fin, comme dans un fonds perpétuel. En 1717, Law rachète la Compagnie du Mississippi, qui gère la Louisiane, et en fait la « Compagnie d'Occident ». En 1718, la Banque générale devient la « Banque royale », et en 1719 la Compagnie d'Occident devient la « Compagnie perpétuelle des Indes », qui obtient de l'État le privilège de percevoir des impôts indirects et d'émettre des actions assimilées pratiquement à de la monnaie. En 1720, la Banque royale et la Compagnie perpétuelle des Indes fusionnent : la machine à fabriquer de l'argent est en place. John Law est nommé contrôleur général des Finances. Toute la noblesse spécule à ses côtés, et certains, comme le duc de Bourbon et le prince de Conti, y gagnent énormément d'argent.

Mais cette pyramide de crédits ne peut croître éternellement, et les ressources attendues des colonies, pour servir de contrepartie aux billets, n'arrivent pas. En mars 1720, le duc de Bourbon et le prince de Conti se brouillent avec Law et décident d'en finir avec lui : par des rumeurs, ils font monter les cours des actions de la Banque royale, qu'ils échangent en secret contre de l'or, puis, de façon ostensible, en retirent trois fourgons chargés d'or, ce qui fait s'effondrer les cours. C'est à nouveau la banqueroute. Les détenteurs de rentes sont spoliés. En mai 1720, le Régent renvoie Law et l'installe en décembre sous sa protection officieuse, à Venise, où il mourra neuf ans plus tard.

En 1726, le successeur du Régent, puis du duc de Bourbon, le cardinal de Fleury, interdit tout déficit public par peur du retour de pareilles folies. La même année, Louis XV crée la « ferme générale des Droits du roi » en charge des diverses recettes royales, qui regroupe les receveurs généraux des finances, les fermiers généraux, les administrateurs des postes et les comptables des deniers du roi (gardes du Trésor royal, trésoriers de la Guerre, de la Marine, de la Maison du roi). Tous paient très cher leurs offices au Trésor royal.

Les débats sur la dette publique font toujours rage : en 1734, l'ancien secrétaire de John Law et du cardinal Dubois, Jean-François Melon, théoricien du projet, persiste et signe ; dans son *Essai politique sur le commerce*, il écrit que la dette publique n'est pas nuisible : « *Les dettes d'un État sont des dettes de la main droite à la main gauche* », et le corps économique « *ne se trouvera point affaibli s'il a la quantité d'aliments nécessaire et s'il sait les distribuer* ». En 1748, en réponse à cet argument, dans un chapitre lumineux de *De l'esprit des lois* intitulé « Des dettes publiques », Montesquieu écrit que l'emprunt public fait grimper les taux d'intérêt et prive l'économie d'une épargne nécessaire à sa croissance : « *Quelques gens ont cru qu'il était bon qu'un État dût à lui-même : ils ont pensé que cela multipliait les richesses en augmentant la circulation* », mais la dette publique « *ôte les revenus véritables de l'État à ceux qui ont de l'activité et de l'industrie, pour les transporter aux gens oisifs ; c'est-à-dire qu'on donne des commodités pour travailler à ceux qui ne travaillent point, et des difficultés pour travailler à ceux qui travaillent* ». Dans ce texte à la tonalité si moderne, il ajoute qu'il faut que « *la partie débitrice n'ait jamais le moindre avantage sur celle qui est créancière* », même si, pour lui, la classe des rentiers de l'État « *semblerait devoir être la moins ménagée, car c'est une classe entièrement passive* », et donc improductive. En 1755, dans son *Essai sur la nature du commerce en général*, Richard Cantillon s'inquiète de l'impact de la dette sur les prix : « *La grande difficulté* [...] *consiste à savoir par quelle voie et dans quelle proportion l'augmentation de l'argent hausse le prix des choses.* » Boisguilbert pense, quant à lui, au contraire, que la dette publique est bénéfique, car elle stimule la circulation monétaire.

Le 29 août 1756 commence en Europe une nouvelle guerre, qu'on dira de « Sept Ans » ; elle oppose principalement la France et l'Autriche à l'Angleterre et à la Prusse. Pour la financer, Louis XV s'endette à nouveau auprès de ses fermiers généraux. En 1769, le Trésor public est vide une nouvelle fois ; le roi confie à l'abbé Terray, nommé nouveau contrôleur général des Finances, le soin de rétablir les comptes. Terray organise d'abord des emprunts à court terme pour éviter la faillite, puis il réduit brutalement les dépenses et se lance dans une réforme fiscale. L'année suivante, un intendant du Limousin, Anne Robert Jacques Turgot, se fait remarquer par des *Lettres sur la liberté du commerce des grains*, adressées au contrôleur général des Finances. En 1771, un étonnant banquier hollandais, Isaac de Pinto, financier du stathouder Guillaume IV de Nassau et ami de Diderot, ruiné par la spéculation, écrit, dans un *Traité de la circulation et du crédit*, que la « *dette nationale* » enrichit la nation en augmentant son numéraire ; et que la France aurait été ruinée par la guerre « *sans la circulation factice* [de papiers royaux] *que les emprunts publics ont causée* ».

En juillet 1774 (au moment où les Provinces-Unies cèdent leur rang de superpuissance européenne à l'Angleterre), Turgot est nommé ministre de la Marine par Maurepas, mentor du nouveau roi Louis XVI ; un mois plus tard, il est muté au poste de contrôleur général des Finances à la place de Terray. Il adresse alors au roi une lettre devenue célèbre où il écrit à propos des finances publiques : « *Un des plus grands obstacles à l'économie est la multitude des demandes dont Votre Majesté est continuellement assaillie et que la trop grande facilité de vos prédécesseurs a malheureusement autorisée.* » En janvier 1776, hostile à tout emprunt, Turgot crée une Caisse d'amortissement, imaginée par le banquier suisse Isaac Panchaud, en vue de restaurer la confiance et de faire baisser le taux d'intérêt des emprunts publics. Puis Turgot soumet au roi une déclaration de principes : pas de banqueroute ; pas d'augmentation des impôts ; pas d'emprunt ; le déficit public est désormais interdit ; on ne recourra plus à la planche à billets. Il annonce des coupes claires dans toutes les dépenses, y compris militaires, et écarte les intermédiaires financiers. Effrayé, Louis XVI le renvoie le 13 mai 1776. Le décès du contrôleur général Clugny de Nuits, qui succède à Turgot, donne à un banquier suisse, Jacques Necker, appuyé par Maurepas, l'occasion d'accéder au gouvernement, même si, protestant, il ne saurait être membre du Conseil du roi. Le 22 octobre 1776, Necker est donc nommé directeur général du Trésor royal.

Comme ses prédécesseurs, Necker commence par emprunter pour tenir, puis propose des économies. Entre 1777 et 1781, il lance vingt-neuf emprunts pour un montant total de 530 millions de livres. En janvier 1781, il rend pour la première fois public, sans prévenir, son *Compte rendu au roi des finances publiques*, dans lequel il fait état d'une dette de 530 millions et d'un excédent de 10,2 millions du budget ordinaire de 1781. Necker y regrette qu'en France on fasse « *constamment un mystère de l'état des finances* », ce qui conduit à mettre en doute la parole de l'État, à laquelle « *les hommes d'expérience* » ne croient plus que « *sous la caution, pour ainsi dire, du caractère moral du ministre des*

Finances ». Il compare la France à l'Angleterre, dont l'immense crédit est dû à « *la notoriété publique à laquelle est soumis l'état de ses finances. Chaque année, cet état est présenté au Parlement, on l'imprime ensuite ; et tous les prêteurs connaissent ainsi régulièrement la proportion qu'on maintient entre les revenus et les dépenses, ils ne sont point troublés par ces soupçons et ces craintes chimériques, compagnes inséparables de l'obscurité* ».

Pour Necker, la dette publique est nocive, car l'argent ainsi levé ne fait qu'accroître les capacités militaires des États, donc les destructions, débouchant sur de nouveaux emprunts pour reconstruire et réarmer. Il ne peut donc, dit-il après Montesquieu, y avoir de paix que si la dette publique est réduite au minimum. Ce texte rencontre un énorme succès en librairie.

Puis Necker se lance dans un ample programme de réduction des dépenses publiques. Mais il n'est pas suivi : en avril 1781, le secrétaire d'État de la Marine, en poste depuis sept ans, Antoine Gabriel de Sartine, refuse la diminution des dépenses de son département que Necker veut lui imposer en l'accusant de détournements – on parle d'une somme de 20 millions de livres. Le 14 août, Maurepas renvoie Sartine, à qui le roi accorde une gratification de 150 000 livres et une pension de 70 000 livres par an. Par ailleurs, Louis XVI refuse toujours de nommer à son Conseil le protestant Necker, qui démissionne le 19 mai 1781.

Sous ses successeurs Joly de Fleury et Lefèvre d'Ormesson, la dette publique baisse quelque peu, à 411 millions, puis remonte en raison de la guerre d'Amérique (déclenchée le 19 avril 1776 par le refus des colons de payer un impôt à la couronne de Londres pour financer l'entretien des troupes britanniques). Elle coûte près d'un milliard de livres à la France et oblige Charles-Alexandre de Calonne (nommé contrôleur général des Finances en novembre 1783, deux mois après la reconnaissance de l'indépendance des États-Unis par le traité de Versailles, le 3 septembre) à lancer de très nombreux emprunts. En 1787, la dette publique française atteint 80 % du PIB, et son service représente 42 % des recettes de l'État, ce qui serait supportable en Angleterre, mais ne l'est pas ici, faute d'un surplus primaire, d'un marché financier et d'une épargne suffisante. Le royaume de France se trouve à nouveau au bord de la faillite.

Au début de 1788, sept ans après avoir été chassé, Jacques Necker, réputé savoir trouver de l'argent, est rappelé, cette fois comme ministre d'État. En novembre, pour régler la question de la dette publique, il convoque le parlement de Paris, qui enregistre les textes législatifs, puis les états généraux. Le 5 mai 1789, dans un discours de près de trois heures sur l'état des finances, il annonce aux députés tout juste réunis que, en dépit des économies réalisées, il subsiste encore un déficit de 55 millions de livres sur 531 millions de dépenses ordinaires, et une dette se montant à environ 70 % du PIB.

L'État, ajoute-t-il, est insolvable ; l'économie se débat dans l'inflation. Mais les députés préfèrent discuter des modalités de leur élection et de l'éventuel doublement de la représentation du tiers état. Necker a beau revenir à la charge, il est renvoyé fin juin, avant d'être triomphalement rappelé fin juillet, après la prise de la Bastille, puis d'être chassé définitivement en septembre.

LA DETTE SOUVERAINE
AU CŒUR DE LA NAISSANCE DES ÉTATS-UNIS

Au même moment naissent les États-Unis d'Amérique, dont la guerre d'Indépendance a pesé alors si lourd sur les finances de la France et de la Grande-Bretagne. Le 22 juin 1775, un décret du Congrès américain crée une monnaie-papier appelée le « dollar continental ». Le 4 juillet 1776, une assemblée réunie à Philadelphie proclame l'indépendance des États-Unis. En octobre 1776, les indépendantistes de la colonie financent la guerre qui commence contre les troupes anglaises par des emprunts d'or à trois ans, souscrits à un taux de 4 % auprès de leurs marchands, du gouvernement français et de banquiers hollandais. En février 1777, devant la difficulté des *Insurgents* à rembourser leurs créanciers, le taux de ces emprunts passe à 6 %. En mars 1778, les *Insurgents* sont à court d'argent et, en guise de règlement des intérêts de ces emprunts, ils remettent à leurs créanciers des bons sur l'État qu'ils espèrent créer. En 1781, ils gagnent la guerre en dépit de cette faillite, et ces bons s'échangeront vers 1785 au dixième de leur valeur nominale.

La Constitution américaine est adoptée en septembre 1787 à Philadelphie par la Convention constitutionnelle, sous la présidence de George Washington, lequel devient en 1788 le premier président des États-Unis. Le débat sur la dette publique est immédiatement à l'ordre du jour, car le nouvel État fédéral et chacun des États fédérés n'ont presque pas de ressources fiscales, bien des dettes de guerre et tant à faire !

En février 1789, dans une lettre à James Madison, député au Congrès et chef du parti majoritaire démocrate-républicain, Thomas Jefferson, ambassadeur des nouveaux États-Unis d'Amérique à Paris depuis 1785, écrit qu'« *une génération n'a pas le droit de lier une autre* », car « *la terre appartient en usufruit seulement à ceux qui y vivent* ». Jefferson – grand admirateur de la France, qui veut à tout prix que la jeune Amérique se distingue de la Grande-Bretagne et ne s'endette pas – propose même d'amender la toute nouvelle Constitution en stipulant qu'aucune dette publique ne devra pouvoir être contractée pour plus de dix-neuf ans (soit, pour lui, l'espérance de vie moyenne de tout prêteur). Toute portion de la dette non remboursée à cette échéance doit, dit-il, être annulée. Cette disposition, ajoute-t-il comme Montesquieu l'avait déjà écrit un demi-siècle auparavant, présentera aussi l'avantage de réduire l'incitation à faire la guerre en renchérissant son coût.

Le député Madison rétorque à l'ambassadeur Jefferson que l'emprunt public est à ses yeux légitime, car la génération actuelle bénéficie de tout ce qui a été fait, y compris sur le plan militaire, par les générations qui l'ont précédée : « *Les améliorations apportées par les morts sont une charge pour les vivants qui en bénéficient* » ; plus particulièrement, « *les dettes contractées pour écarter des ennemis sont des avantages qui concernent toutes les générations suivantes* ». Naturellement, dit-il, l'emprunt public ne doit pas financer des « *charges injustes et inutiles imposées aux générations suivantes* », charges que Madison se garde d'ailleurs bien de définir...

Tout le débat moderne sur la dette publique est contenu dans cet échange.

En janvier 1790, Alexander Hamilton, devenu premier secrétaire au Trésor du premier président des États-Unis, favorable comme Madison à un gouvernement fédéral puissant, informe le Congrès que la dette publique fédérale est, en cette première année d'existence d'un gouvernement fédéral américain, de 40 millions de dollars, la dette extérieure de 12 millions de dollars, et celle des États fédérés de 18 millions de dollars, soit, au total, 27 % du PIB. Hamilton propose de convertir cette dette en obligations perpétuelles de l'État fédéral dont les intérêts seraient payés par un impôt affecté à cette fin.

En mars 1790, Thomas Jefferson devient le premier secrétaire d'État de Washington et s'oppose aux fédéralistes de Hamilton. Au cours d'un dîner essentiel, le 20 juin 1790, à New York, où se trouve le siège provisoire du Congrès, Jefferson et Madison, alliés pour une fois, veulent obtenir de Hamilton son accord pour installer la capitale dans un lieu neutre. Hamilton accepte, en échange de l'accord des deux autres de prendre en charge les dettes de guerre des États et de les financer par des emprunts souscrits par la nouvelle Fédération. À l'issue de ce dîner, le Congrès ratifie ses choix et convertit la dette souveraine en obligations perpétuelles, ce qui fait remonter la valeur de ces bons et baisser les taux d'intérêt.

Le district fédéral est créé en contrepartie de la création de la dette publique américaine. La capitale sera nommée Washington, du nom du premier président, à la mort de celui-ci en 1799. En 1794 sont frappés les premiers dollars émis par le gouvernement fédéral, encore installé à Philadelphie : le dollar-argent vaut 24,05 grammes d'argent, et le dollar-or, 1,60 gramme d'or.

En 1800, le troisième président des États-Unis, Thomas Jefferson (qui fut secrétaire d'État du premier président, George Washington, puis vice-président du deuxième, John Adams), hérite d'une dette souveraine de 83 millions de dollars, contractée pour l'essentiel aux fins de constituer une marine militaire. À la différence de Washington, de Hamilton et de Madison, Jefferson continue de penser que la dette publique ne peut être que temporaire et qu'elle doit être intégralement remboursée par la génération qui la contracte. Il parvient à la réduire à 57 millions de dollars, malgré l'achat, le 30 avril 1803, de la Louisiane à la France pour la somme de 15 millions de dollars, soit 80 millions de francs, et il reprend l'idée d'un fonds perpétuel sur le modèle anglais de Walpole. Étrange achat que celui de la Louisiane : sur les 80 millions de francs, 20 sont réservés au compte personnel de Talleyrand, ministre des Affaires étrangères. Et pour les payer en cash à Napoléon, désireux d'utiliser cette somme afin de financer sa guerre contre l'Angleterre, les Américains doivent les emprunter à un taux de 6 % à une banque anglaise, la Barings, qui finance ainsi la guerre contre l'Angleterre !

RÉVOLUTIONS ET DETTES PUBLIQUES

Pendant ce temps, à Paris, le 2 novembre 1789, l'Assemblée nationale constituante décide que tous les biens du clergé seront saisis, devenant des biens nationaux, et seront mis aux enchères pour acquisition par des particuliers. Ces biens sont estimés de 2 à 3 milliards de livres ; mais, comme il est impossible de vendre tout de suite une telle masse, des billets sont émis qui en représentent la valeur, en principe purement patrimoniale : les assignats. L'État, à court d'argent, les utilise comme monnaie pour payer ses dépenses courantes, et ne détruit pas ceux des assignats qu'il récupère ; pire, il en imprime d'autres, qui excèdent la valeur supposée des biens nationaux. Le 17 avril 1790, il les transforme même en monnaie, laquelle perd 60 % de sa valeur entre 1790 et 1793. Le 27 juin 1793, pour soutenir sa valeur et limiter la spéculation, la Bourse de Paris est fermée, les taux de change ne sont plus publiés. Au même moment, aux premiers jours de la Terreur, tout commerçant qui refuse d'être payé en assignats est déclaré passible de la peine de mort.

Le 24 août 1793, pour restaurer le crédit public, Cambon, négociant en toiles de Montpellier et député de l'Hérault, devenu président du Comité des finances, l'un des organes du gouvernement, reconnaît officiellement les dettes de l'Ancien Régime, et en particulier celles des compagnies d'officiers. Il crée le Grand Livre de la dette publique, en faisant obligation d'y inscrire tous les emprunts émis par l'État à plus de trente ans, en particulier toutes les rentes perpétuelles. Le 27 juillet 1794, après la chute de Robespierre, la Convention libère les prix et les changes.

Malgré ces mesures, la confiance en l'État souverain ne revient pas, et le financement de la Défense continue à ruiner le budget. Le rythme des émissions d'assignats passe de 700 millions par mois en 1794 à 3 milliards en mars 1795. En avril, l'État annonce la fabrication d'assignats nouveaux pour 3,2 milliards, puis le Directoire repousse ce plafond à 5 milliards et fixe le nombre total des assignats autorisés à circuler à 30, puis à 40 milliards. Enfin, Cambon annonce que les presses qui les impriment seront détruites et tente de lancer en lieu et place une monnaie nouvelle, le « mandat territorial ». Échec.

En janvier 1796, Dominique Ramel est nommé ministre des Finances sous l'autorité du Directoire. Le 19 février 1796, ce personnage d'exception fait brûler la planche à billets sur la place Vendôme. En février 1797, le « mandat » ne vaut plus que 1 % de sa valeur monétaire initiale.

Le 4 septembre 1797, bien que les résultats des élections législatives soient favorables aux monarchistes, les républicains confisquent le pouvoir. L'urgence est une fois de plus de trouver de quoi financer l'armée, alors en difficulté aux frontières. Plus question de rembourser les dettes du passé : le 30 septembre 1797, dans un geste dramatique, Ramel annule la dette publique, déjà fort dévalorisée par l'inflation, et organise le passage des assignats à la monnaie métallique en supprimant au passage cette monnaie intermédiaire fantaisiste qu'on appelait les « mandats territoriaux ». Il ferme le marché des titres publics et annonce une « *mobilisation de la dette* » qui consiste à en rembourser seulement le capital nominal par des bons qui pourraient éventuellement servir à l'acquisition de biens nationaux. Il s'agit en fait d'une annulation totale de la dette publique. La République fait défaut : « *J'efface les conséquences des erreurs du passé pour donner à l'État les moyens de son avenir* », déclare

Ramel ; la formule sera reprise ultérieurement par nombre de dirigeants décidés à renoncer à payer leurs dettes.

Devant le concert de protestations, Ramel revient un peu en arrière et n'organise cette « *mobilisation* » – c'est-à-dire cette annulation – que pour les deux tiers de la dette ; le troisième tiers est « *consolidé* », c'est-à-dire inscrit à titre nominatif dans un nouveau Grand Livre de la dette publique, et payé en « bons » censés représenter cette fois du numéraire. Mais, comme ne circulent plus dans le pays que 300 millions de livres d'argent, la déflation est on ne peut plus brutale. Le citoyen qui s'est fié au papier-monnaie voit son patrimoine divisé par 3 000.

Cette réforme est couronnée de succès : au début de 1799, Ramel peut établir un budget équilibré, et il organise l'administration du ministère des Finances en directions, pratiquement telles qu'elles existent encore aujourd'hui. Renvoyé le 20 juillet 1799, il finira en exil à Bruxelles après avoir sauvé la France en donnant à son gouvernement les moyens de payer son armée.

Deux stratégies pour financer la guerre

À la différence de tous les autres monarques avant et après lui, le général Bonaparte n'emprunte pas : en février 1800, il importe le modèle britannique en créant une Banque de France, le budget de l'État est équilibré dès 1802. Bonaparte fait financer ses campagnes par le seul butin de guerre, qu'il place dans une « caisse de l'Armée », ce qui lui permet de connaître le rendement financier de chacune de ses victoires. De fait, tous les traités qu'il signe prévoient la mise à disposition de troupes et de ressources par les vaincus. En avril 1803, il crée le franc-or, dit « de Germinal ». Pour compléter l'ensemble, le sénatus-consulte du 30 janvier 1810 institue, à la discrétion totale de l'Empereur, un Domaine extraordinaire de la couronne, « *lequel se compose des domaines et biens mobiliers ou immobiliers que l'Empereur, exerçant le droit de paix et de guerre, acquiert par des conquêtes ou des traités* ». La dette publique de l'Empire demeure très faible : inférieure à 1,75 milliard en 1813, soit autour de 20 % du PIB.

En face, les Alliés se financent comme par le passé par l'emprunt : en 1804, Nathan, un des cinq fils de Meyer Amschel Rothschild (un des tout premiers antiquaires et numismates de Francfort, qui prêtait au landgrave de Hesse-Cassel, Guillaume IX, de quoi acheter objets et pièces, avant de s'imposer comme son principal conseiller financier), obtient la nationalité britannique. Il devient courtier en obligations souveraines, plaçant à travers l'Europe, où résident ses frères, les emprunts que le gouvernement de Londres lance pour financer sa guerre contre Napoléon. Il réunit ainsi la moitié des financements apportés par la place financière de Londres à ses alliés continentaux ; pendant qu'une autre banque anglaise, la Barings, fournit aux États-Unis, on l'a vu, les moyens de racheter la Louisiane à la France.

La dette anglaise atteint 275 % du PIB en 1815 ; à eux seuls, les intérêts représentent 10 % du PIB (cf. tableau 19). En France, quand l'Empire prend fin, la Restauration renoue avec la dette, qui triple en cinq ans de règne sous Louis XVIII et atteint 5 milliards en 1820, moyennant des taux d'intérêt qui dépassent les 8 %.

Tout est alors en place en Europe pour de nouveaux moratoires. Il n'en sera rien.

Le siècle des rentiers

À partir de ce moment, en effet, les principaux États européens sont portés par un siècle de paix, de progrès technique et de croissance industrielle, qui leur permet de réduire leurs dépenses d'armement et d'assurer pleinement le remboursement de leur dette. L'inflation se ralentit ; les prix deviennent stables ; la monnaie devient fiable. Les entreprises privées, entièrement familiales, empruntent toujours peu, et les rentes publiques deviennent des actifs sans risque, constituant encore l'essentiel des transactions boursières. La situation de « rentier » devient enviable.

La dette publique n'est plus un sujet politique. Dans un article de 1820, le grand économiste britannique David Ricardo note d'ailleurs que, sous certaines conditions, l'emprunt est équivalent à l'impôt et pèse de la même façon sur les contribuables.

Pendant un siècle, grâce à sa formidable croissance économique et à une gestion austère des finances publiques, la Grande-Bretagne réussit à consacrer la moitié de son budget national au remboursement de sa dette, qui passe de 250 % du PIB en 1820 à 25 % en 1910, en étant refinancée au taux immuable de 4 %, puis même 3 % (cf. tableaux 3 et 19).

La France fait de même : les taux d'intérêt des emprunts publics y passent de 8 % en 1815 à 4 % à la fin du siècle, malgré une crise en 1848, quand l'éclatement d'une bulle spéculative portant sur les actions des compagnies de chemin de fer, s'ajoutant à une crise agricole, fait exploser la dette publique, laquelle passe alors à 630 millions de francs-or ; la révolution de Février suspend le paiement de son service pour deux ans, bien que les exercices 1848 et 1849 laissent au Trésor un solde créditeur de 256 millions.

Pendant la première moitié du XIXᵉ siècle, la dette baisse également aux États-Unis. Madison, qui succède en 1809 à Jefferson (dont il était le secrétaire d'État aux Affaires étrangères) à la présidence, ne s'y intéresse guère, puis la réduit à 45 millions de dollars après sa réélection en 1812. En 1813, soit un an après la déclaration d'une nouvelle guerre à l'Angleterre dans laquelle l'Amérique se retrouve alliée à la France, l'ancien président Jefferson recommande encore au Congrès de lever une taxe spéciale (un impôt sur le revenu) pour rembourser en dix-neuf ans toute la dette souveraine, ce qui permettra de surcroît, répète-t-il, de réduire les velléités bellicistes. En vain : ledit impôt n'est pas créé, et la dette remonte à 127 millions en 1816 (cf. tableau 18).

Le président suivant, James Monroe, autre républicain de Virginie, recrée cette année-là le fonds perpétuel voulu par Jefferson et réduit la dette à 84 millions de dollars en huit ans. Son successeur, John Quincy Adams, fils du deuxième président, la réduit encore et la fait passer à 58 millions. La dette contractée pour financer la guerre avec l'Angleterre est ainsi remboursée en dix-neuf ans, exactement comme le voulait Jefferson, qui meurt en 1826 avant d'avoir pu applaudir la fin de ce remboursement.

En 1828, Andrew Jackson, du Tennessee, bien moins attaché à la puissance fédérale que ses prédécesseurs, succède à Monroe à la Maison-Blanche. Il entreprend de démanteler le système bancaire et continue de réduire la dette. En 1835 et 1836, pour la première et dernière fois de leur histoire, les États-Unis n'ont plus un seul dollar de dette. En 1836, le Congrès décide de transférer les excédents du Trésor fédéral aux États fédérés et impose de nouvelles lois de régulation monétaire aux banques d'État (notamment sur l'émission de papier-monnaie). Car les finances des États connaissent une situation catastrophique : en 1837, neuf États

(Arkansas, Illinois, Indiana, Louisiane, Maryland, Michigan, Mississippi, Pennsylvanie et Floride), dont l'essentiel de la dette est détenu par des étrangers à ces États, refusent l'augmentation des impôts qu'exigerait le paiement des intérêts, et décident de faire banqueroute. La même année, le Congrès vote une loi fédérale de banqueroute annulant 450 millions de dollars de dettes fédérales. Pendant un certain temps, toute l'architecture même des États-Unis semble menacée. Six années de dépression économique s'ensuivent, malgré la création en 1840 d'un Trésor fédéral qui centralise la distribution des fonds gouvernementaux.

Avec la conquête de la Californie, du Nevada, de l'Arizona, de l'Utah, du Colorado et du Nouveau-Mexique, la dette fédérale passe de 16 millions à 63 millions de dollars à la fin de 1848 ; puis elle retombe à 28 millions en 1857 sous la présidence de Pierce, qui réduit la taille des budgets. La dette souveraine américaine connaît alors un étiage qui ne sera plus jamais atteint (cf. tableau 18).

En Europe, plusieurs grands pays répudient leur dette après des émeutes (la Russie en 1839) ou à l'issue de guerres perdues (l'Autriche en 1802, puis en 1868). En Grèce, gouvernée à partir de 1832 par Otton de Bavière, les dépenses de la cour provoquent un endettement considérable pendant tout le siècle. Ailleurs dans le monde, entre 1820 et 1850, naissent d'innombrables nations – dont celles d'Amérique latine, que Bolivar vient de libérer. La moitié d'entre elles font défaut avant la fin du siècle.

En 1860, le Mexique de Juárez confisque les biens de l'Église et suspend le paiement de sa dette souveraine extérieure. La France, l'Espagne et l'Angleterre, principales puissances créancières, y envoient un corps expéditionnaire afin de faire valoir leurs droits. La guerre s'achève en 1867 avec la victoire des juaristes et la mort de Maximilien de Habsbourg, lâché par les Français et qui refuse d'abdiquer.

En 1868, pour négocier au mieux leurs créances sur les nouveaux pays d'Amérique et d'Asie auxquels elles se sont empressées de prêter, les banques anglaises créent à Londres une association des banques créancières, la British Corporation of Foreign Bondholders (BCFB), qui réunit les informations sur les pays débiteurs et organise les négociations avec eux en cas de menace de défaut.

En 1876, le Japon de l'empereur Meiji assume l'héritage des créances massives accumulées par le régime des anciens shoguns, les Tokugawa, en les transformant en dette publique, et organise la transformation de leurs pensions, qui avaient beaucoup pesé dans le budget de l'État, en obligations du gouvernement. La même année, l'Égypte fait défaut et devient protectorat britannique.

L'année suivante, en 1877, le London Stock Exchange va jusqu'à refuser de coter les titres des pays en défaut, laissant la BCFB négocier seule, politiquement et financièrement, leurs dettes souveraines avec l'Espagne, le Portugal, la Grèce, la Turquie, le Mexique, le Brésil, le Pérou et l'Argentine, naturellement, dans l'intérêt bien compris de l'Empire britannique.

Retour de la dette avec la Sécession

Puis, comme antérieurement en Europe, une nouvelle guerre fait exploser aux États-Unis la dette publique, qui change d'ordre de grandeur : avec le déclenchement de la guerre civile, elle passe de 75 millions de dollars en mars 1861 (soit 2 dollars par tête) à 2,8 milliards de dollars en août 1865 (soit 75 dollars par tête et plus de 30 % du PIB).

Pour financer cette dette devenue colossale, la parité or du dollar est suspendue. Le 17 juillet 1861, le Congrès autorise aussi le Trésor à créer un impôt provisoire de 3 % sur tout revenu annuel net supérieur à 600 dollars, à augmenter les impôts indirects, dont les droits de douane, et à émettre pour la première fois des billets de banque, des Treasury Notes (« greenbacks »). Des milliers de banques continuent d'émettre leurs propres billets, qui – seule différence par rapport à la situation antérieure – sont maintenant imprimés sur le même type de papier et ont une apparence quasi identique.

En 1872, une fois la guerre de Sécession terminée, la dette publique peut commencer à se réduire aux États-Unis. Le Gold Exchange Standard – c'est-à-dire la convertibilité en or du dollar –, interrompu avec le conflit, est rétabli en 1879. Grâce à des impôts spécifiques et à une formidable croissance, la dette publique américaine, qui est encore de 2,1 milliards de dollars en 1880, passe à 1,1 milliard en 1890, soit encore 20 % du PIB. La validité de l'impôt sur le revenu expire : il n'est pas renouvelé et est même déclaré inconstitutionnel en 1895.

En France, en 1871, la fin de la guerre franco-prussienne et celle de l'Empire laissent le pays exsangue et se soldent par un endettement de 87 % du PIB pour faire face aux indemnités exigées par l'Empire allemand. Le service de la dette publique, qui n'était que de 375 millions de francs, soit 19 % du budget, à la fin des années 1860, double en 1872 et passe à près d'un milliard en 1888-1890, soit 30 % des dépenses budgétaires, après une crise majeure qui éclate en 1873.

Dans *De l'influence des lois sur la répartition des richesses*, Théodore Napoléon Bénard écrit que les dettes menacent « *d'ébranler sérieusement la stabilité des sociétés* », car les intérêts des riches, nouvelle « *classe d'opulents oisifs* », sont trop favorisés par rapport à ceux des travailleurs. Puis la situation économique du pays se rétablit.

En 1877, Isaac Pereire, retiré des affaires après la fin du Second Empire, recommande encore à la nouvelle République d'utiliser l'emprunt pour financer les travaux publics, écrivant : « *Ce serait la pacification profonde du pays parce que, sous ce nouveau régime financier, la démocratie comprendrait qu'elle a la faculté de conquérir régulièrement, dans la société, la place que lui promettent les droits poli-*

tiques dont elle est investie, et qu'elle peut l'obtenir sans effort violent et sans nouvelles luttes entre le capital et le travail. Ce serait la véritable réalisation de l'égalité inscrite comme un droit dans nos Constitutions, de cette égalité appelée à passer de la théorie dans la pratique et qui doit, selon le mot de Condorcet, devenir un fait. »

La même année, dans un *Traité de la science des finances*, un économiste alors célèbre et écouté, Paul Leroy-Beaulieu, qui va succéder à son beau-père Michel Chevalier à la chaire d'économie politique du Collège de France, conclut que « *la faculté pour un État de contracter des emprunts est un bien, un bien incontestable* ».

Plus personne ne craint l'inflation. En 1879, le franc rejoint le Gold Exchange Standard.

À partir de ce moment, la dette publique en France est non seulement financée par les fruits de la croissance, mais *elle devient un facteur de la croissance*. Chacun a confiance en l'État. En 1880, l'économiste Joseph Garnier, professeur à l'École supérieure de commerce et à l'École des ponts et chaussées, sénateur des Alpes-Maritimes, ajoute que, si les gouvernements sont suffisamment « *honnêtes, éclairés et prudents, on doit reconnaître que le crédit moderne porte le caractère d'un grand progrès dans le mécanisme social* », mais il y faut de « *sévères limites* ». En 1899, Léon Say, homme politique et économiste libéral, évoque, dans un *Dictionnaire des finances* paru juste après sa mort, le caractère intangible de la dette publique : « *La dette, une fois créée, constitue un engagement sacré et [...] les dépenses qui s'y rapportent ont un caractère obligatoire et en quelque sorte privilégié.* » Il défend l'utilité d'« *emprunts publics modérés* », profitables si le gouvernement les emploie en « *établissements utiles* », car ils offrent « *un emploi à de petits capitaux situés entre des mains peu industrieuses* ».

Le 10 décembre 1893, le Premier ministre grec annonce, après cinquante ans de surendettement, le défaut de son pays. Une commission européenne organise le remboursement qui s'étale jusqu'en 1941.

À la fin du XIXe siècle, les États-Unis, comme la Grande-Bretagne à la fin du XVIIIe siècle et les Pays-Bas au XVIIe, et d'autres avant eux, commencent à dégager plus d'épargne qu'ils ne peuvent en investir chez eux, et prêtent des capitaux au reste du monde. Ainsi, en 1914, les États-Unis, qui doivent encore 5 milliards de dollars aux banquiers d'Europe, investissent 2,5 milliards à l'étranger, surtout au Canada, au Mexique et à Cuba.

Par là, on retrouve toujours le même schéma : quand émerge une nouvelle puissance dominante, elle prête aux souverains dominants avant de les remplacer.

Chapitre 3
Le peuple souverain

Avec le XXᵉ siècle, dans un monde où la démocratie se cherche à coups de révolutions et de guerres de libération, le peuple devient peu à peu souverain. En contrepartie de son pouvoir nouveau, il est désormais comptable de la dette publique sur ses revenus personnels et sur ceux de ses enfants. Quand le siècle s'achève, après des centaines de moratoires et deux guerres mondiales, la dette publique est devenue, elle aussi, mondiale et constitue une façon paroxystique de vivre aux crochets des générations à venir.

D'une guerre à l'autre

En août 1914, un conflit fait une nouvelle fois exploser la dette publique des puissances déclinantes : dès leur entrée en guerre, Turquie, Bulgarie et Autriche-Hongrie suspendent le paiement de leurs emprunts à leurs rivaux.

Seule en Europe, la France peut financer son effort de guerre par l'épargne de ses rentiers. Les autres alliés se tournent vers l'unique épargne disponible, celle des États-Unis d'Amérique, qui mettent en place un formidable réseau pour collecter l'épargne de leurs ressortissants sous forme de bons de guerre. À l'automne 1915, les Européens empruntent 500 millions de dollars aux États-Unis par le truchement de la banque de J. P. Morgan, deux ans après la mort de son fondateur. Au total, ils auront emprunté 7 milliards de dollars aux Américains avant l'armistice du 11 novembre 1918, et emprunteront 3,75 milliards de dollars supplémentaires au cours des mois suivants. Les États-Unis, pour financer leur effort de guerre, créent un département spécial du Budget, la War Finance Corporation.

En 1918, la nouvelle Russie soviétique dénonce les innombrables emprunts souscrits par l'État tsariste auprès de plus de 1,6 million d'épargnants français à la fin du XIXe siècle, pour un montant de 12 milliards de francs-or (on disait alors : « Aider la Russie, c'est aider la France »).

En janvier 1919, les dettes publiques française et britannique atteignent chacune 150 % du PIB ; et celle des États-Unis, seulement 28 %, soit 25,4 milliards de dollars.

Par ailleurs, avec l'allongement de l'espérance de vie et les premiers systèmes de retraites, commence à apparaître une toute nouvelle sorte de dette souveraine, implicite, non inscrite dans les comptes, parce que simplement contractuelle : l'obligation imposée aux générations à venir de rémunérer tous ceux qui auront cessé de travailler après l'âge de leur départ en retraite. Et cette dette est difficile à comptabiliser parce que les retraites sont financées par capitalisation ou par répartition.

Pour rembourser leurs dettes, les Alliés vainqueurs imposent aux Allemands vaincus des réparations pour un montant de 132 milliards de marks, soit 33 milliards de dollars, soit encore un peu plus de 3 % du PIB de l'Allemagne par an sur cinquante ans. Tous tentent de rétablir un surplus budgétaire. Au début des années 1920, certains y réussissent au détriment de leur croissance, et leur dette publique baisse quelque peu. En 1926, alors que l'Allemagne surendettée a dérapé dans l'hyperinflation, en France Raymond Poincaré crée une Caisse autonome d'amortissement pour rembourser la dette publique par les taxes prélevées sur la vente du tabac et des allumettes, source inépuisable de recettes fiscales. Et il stabilise le franc.

Mais la crise de 1929 vient tout bousculer : l'Allemagne est en cessation de paiement ; en janvier 1930, le plan Young doit étaler sur cinquante-neuf ans le solde des réparations dû par Berlin (9 milliards de principal et 17 milliards de dollars d'intérêts). Les vainqueurs européens, endettés à l'égard des États-Unis, ne peuvent leur rembourser les 15,7 milliards encore dus. En juin 1931, alors qu'on inaugure l'Empire State Building, le président américain Herbert Hoover décrète un an de moratoire sur les réparations allemandes sur les dettes des Alliés. Cette année-là, le budget fédéral est à nouveau déficitaire, pour la première fois depuis la fin de la Grande Guerre ; la dette publique américaine atteint encore 16,8 milliards de dollars. En janvier 1932, Hoover crée la Reconstruction Finance Corporation (RFC), sur le modèle de la War Finance Corporation. Elle peut prêter ou investir 2 milliards de dollars, ce qui augmente le déficit du budget des deux tiers. Sans aide de l'Amérique, l'Europe s'enfonce. En 1932, la dette publique britannique atteint à nouveau 191 % du PIB, et la dette française, 150 % du PIB.

En 1933, Hitler prend le pouvoir dans une Allemagne hyperendettée et se finance par la privatisation de l'industrie, par la spoliation des Juifs, par des crédits forcés faits par la poste et les chemins de fer, et, bien sûr, par la planche à billets. L'État mussolinien, lui, règle une grande partie des commandes passées à l'industrie lourde ou en vue de grands travaux par des « promesses de paiement » jamais honorées. Dans les deux cas, c'est le remboursement par la peur, qui permet aussi de maîtriser les hausses de prix.

En 1933, première année de son premier mandat, Franklin D. Roosevelt ajoute 850 millions de dollars à la RFC et creuse un déficit budgétaire six fois plus important qu'il ne l'était durant la dernière année de présidence de Hoover. En Europe, rien ne va plus : le 15 juin 1934, après la conférence de Lausanne, la Grande-Bretagne, la France et l'Allemagne font défaut partiellement sur leurs dettes à l'égard des États-Unis.

Cette politique de la dette publique paraît néanmoins être couronnée de succès : en 1935, la reprise est nette aux États-Unis, et John Maynard Keynes en élabore la théorie en 1936, présentant le déficit public comme un moyen d'accéder à un équilibre de plein emploi. Peu de gens remarquent alors que, bien avant que Keynes ne s'exprime, le premier dirigeant à utiliser ouvertement le déficit public pour financer la croissance était Mussolini, le deuxième, Staline, le troisième, Hitler, et que Roosevelt n'était en fait que le quatrième.

Encore rien n'est-il réglé : le chômage reste élevé, et une tentative pour réduire le déficit budgétaire américain, devenu inquiétant en 1936, permet à Henry Morgenthau, le secrétaire au Trésor de Roosevelt, très hostile à la dette publique, d'interrompre en octobre 1937 le financement de la RFC, à laquelle il n'a jamais cru. Cela provoque une nouvelle profonde récession, obligeant à la réouverture en catastrophe de la RFC et à une nouvelle série de dépenses publiques à partir de 1938 pour aider l'agriculture et améliorer les conditions de travail.

Ailleurs, la crise de la dette entraîne d'autres conséquences : en 1936, en France, le Front populaire emporte les élections et nationalise la Banque de France ; la même année, Terre-Neuve fait défaut sur sa dette et deviendra un dominion britannique, puis une province canadienne.

En 1939, la croissance n'est toujours pas revenue et rien n'est réglé : aux États-Unis, la dette publique atteint 42 milliards de dollars, soit 44,2 % du PIB. Elle atteint 125 % en Grande-Bretagne, et 110 % en France.

La Seconde Guerre mondiale pousse une fois de plus les belligérants à recourir à l'emprunt public pour des raisons militaires. En Allemagne, les recettes fiscales augmentent par l'instauration de taux supérieurs, par la création de nouveaux impôts sur les sociétés travaillant pour la défense, et par les prélèvements imposés aux pays vaincus (dont 40 % en provenance de France). La dette publique décuple ; l'État nazi oblige les banques, les caisses d'épargne et les assurances à en financer une grande partie, le reste étant couvert par les avances de la Reichsbank. L'inflation reste contrainte par la terreur, qui permet de faire respecter le contrôle des prix. Au Japon, l'épargne nationale est aussi entièrement mise au service de l'effort de guerre.

Dans l'autre camp, les États-Unis transforment la RFC en WFC, comme en 1917, et investissent dans l'industrie de l'armement. Roosevelt fait une fois de plus payer fort cher ses livraisons d'armes à leurs alliés : les navires américains ne traversent l'Atlantique qu'en échange de concessions britanniques sur l'organisation du monde d'après-guerre. En 1944, les accords de Bretton Woods, négociés entre les adversaires de l'Axe sous la contrainte de la dette souveraine, créent le FMI et la Banque mondiale. Ainsi sont mises en place les conditions de la gestion ultérieure des crises de dettes souveraines et de dettes extérieures, en faisant du dollar la monnaie de référence, sous couvert d'un fantomatique Gold Exchange Standard.

L'INFLATION
AU SECOURS DE LA DETTE

En 1945, la dette publique anglaise dépasse à nouveau les 250 % du PIB ; celle des États-Unis dépasse 100 % du PIB et se monte à 270 milliards de dollars, dont 37 milliards investis par la RFC. Celle de la France atteint 110 % du PIB, soit, selon des chiffres avancés par le général de Gaulle dans ses *Mémoires de guerre*, 10,23 années de recettes fiscales.

C'est finançable avec la croissance et par l'inflation. De fait commencent alors trois décennies de très forte croissance et d'inflation, qui font pratiquement disparaître la dette occidentale : en 1948, la future République fédérale allemande limite la convertibilité de sa monnaie et en instaure une nouvelle : le deutsche mark. C'est le dernier défaut en Europe occidentale. En France, la dette souveraine ne représente plus que 30 % du PIB en 1955, 13,5 % en 1969, et 7,5 % en 1973. Aux États-Unis, malgré les guerres en Extrême-Orient, qui augmentent les dépenses civiles et militaires, le ratio de la dette publique sur le PIB passe de 108 % en 1945 à 57,4 % en 1955, avec une maturité moyenne de neuf ans.

Partout, le taux d'intérêt commence à monter avec l'inflation, jusqu'à atteindre 15 %.

En 1956, afin de gérer les rapports entre l'Argentine de Perón et ses créanciers publics, est créé le Club de Paris, qui rassemble tous les pays prêteurs et les institutions internationales. Ce club, installé à Paris au ministère des Finances, au sein de la direction du Trésor, sera ensuite utilisé pour assurer la coordination des créanciers publics, essentiellement du G7, face à tous les débiteurs souverains, dans la plupart des cas des pays du Sud.

Puis, à partir de 1965, une guerre pousse une nouvelle fois la dette publique à la hausse : la guerre au Viêtnam dégrade à grands pas les finances publiques de l'Amérique, cependant que les pays exportateurs, Allemagne et Japon, accumulent des réserves de change en dollars dans une période de forte inflation : d'où la tentation, pour ces pays, de les convertir en or (cf. tableau 4). En août 1971, comprenant le danger, le président Nixon suspend la convertibilité du dollar en or et les États-Unis échappent aux conséquences de la sous-évaluation des monnaies étrangères par une surtaxe de 10 % sur les importations en provenance du Japon et de l'Allemagne, puis par une dévaluation du dollar.

C'est la fin de la fiction du Gold Exchange Standard. Le déclin relatif des États-Unis commence ; le Japon, avec son énorme épargne, devient le premier créancier mondial.

S'ajoute une crise des finances des collectivités locales américaines ; le 29 octobre 1975, le refus du président Ford de sauver de la faillite la ville de New York conduit à la création d'un marché privé pour les bons municipaux et à l'émergence d'un nouveau mode de financement des collectivités. Quelques mois plus tard, le gouvernement fédéral accorde des prêts à la ville et lui épargne la banqueroute.

LES CRISES DES FINANCES PUBLIQUES DANS LES PAYS DU SUD

Au même moment, partout dans le tiers-monde, voire dans l'Est européen, la dette publique augmente, provoquée dans la plupart des cas par des dépenses policières et militaires inconsidérées. Les premiers, le Pérou, le Zaïre, la Turquie, le Soudan et la Pologne éprouvent des difficultés à servir leur dette souveraine. De 1968 à 1979, en Équateur, sous régime dictatorial, la dette externe publique est multipliée par 8. Pour renégocier les emprunts gouvernementaux à des banques commerciales, la BCFB devient le « Club de Londres » ; il rassemble cette fois toutes les banques commerciales créancières de souverains, qui s'entendent pour interdire tout nouveau prêt à un pays en crise de dette avant un accord sur le rééchelonnement de celle-ci. Les Clubs de Paris et de Londres jouent dès lors un rôle considérable : le pays débiteur peut rééchelonner ou refinancer sa dette publique au Club de Paris, puis négocier l'étalement ou le refinancement de tout ou partie de sa dette privée avec le Club de

Londres. Le Club de Paris étant entre les mains du G7, à compter de la création de ce dernier en 1974, ce club des pays riches fixe les conditions qu'il impose à tous les créanciers du Sud : c'est le « consensus de Washington », mis en œuvre par le FMI, qui impose aux pays débiteurs des conditions extrêmes d'austérité.

De plus en plus de pays du Sud en sont victimes : au début des années 1980, l'effondrement des cours des matières premières et la hausse des taux d'intérêt déclenchent en Amérique latine et en Afrique de très nombreuses crises de la dette souveraine ou de la dette extérieure. Tout commence le 20 août 1982, quand le Mexique se déclare le premier en faillite, suivi par une trentaine de pays latino-américains et africains. Le Brésil et le Chili en particulier se trouvent en grande difficulté et doivent refinancer leur dette, essentiellement sous la forme de prêts de quelques banques, que le FMI parvient à coordonner. En 1983, l'Équateur fait lui aussi défaut et ne laisse à ses débiteurs que la possibilité d'être remboursés en monnaie locale, le sucre, la Banque centrale de l'Équateur se portant garante « du crédit et du risque de change » de la dette privée.

Ces crises poussent à l'invention de nouveaux instruments financiers, tels les bons Brady, créés en 1989 par le secrétaire au Trésor américain du même nom ; ils permettent d'échanger les créances des banques étrangères sur le Trésor des pays surendettés contre des titres nouveaux, garantis par le

Trésor américain, à la double condition que les pays endettés signent des programmes d'ajustement avec le FMI et que les banques créditrices acceptent de réduire le montant de leurs créances et prêtent de nouveaux montants. Le gouvernement américain devient donc le financier en dernier ressort de ces dettes publiques des pays émergents.

Un seul pays fait exception dans cette litanie de défauts : en 1994, l'Afrique du Sud de Nelson Mandela décide d'honorer les engagements du gouvernement d'apartheid, ce qui conduit à un débours de 6 milliards de dollars entre 1994 et 1999.

Toutes les crises souveraines du Sud sont désormais totalement interdépendantes, sans que les pays riches en pâtissent encore : le Sud craque, sans que le Nord bronche ou souffre.

À la fin de l'été 1996, la Thaïlande plonge dans une crise bancaire ouverte, extraordinairement mal gérée par sa Banque centrale, qui injecte des masses de liquidités, entraînant la fuite des capitaux et un effondrement des bons du Trésor. Les marchés perdent bientôt confiance dans toutes les monnaies asiatiques, ce qui entraîne la dépréciation de la roupie indonésienne, du ringgit malais et du peso philippin. À l'automne de la même année, la crise s'étend à la Corée du Sud, à Taïwan, à Singapour et à Hong Kong. En août 1998, la Russie obtient une remise de 35 % de sa dette.

L'Équateur est alors un exemple extrême du fardeau insoutenable que la dette publique impose à tous les pays du Sud : de 1984 à 2000, sept présidents équatoriens se succèdent, dont deux seulement terminent leur mandat. En avril 1998, la fermeture d'une modeste banque provoque dans ce pays une crise bancaire. En décembre 1999, sur les conseils du FMI, l'Équateur décide de se déclarer en défaut de paiement sur des intérêts dus sur les « bons Brady », qui ont organisé dix ans plus tôt l'étalement de sa dette. Le 13 mars 2000, une « Loi de transformation économique de l'Équateur » formalise la dollarisation du pays ; les bons Brady sont échangés contre des « Bons globaux » à échéance de douze ou trente ans. En contrepartie, le FMI impose au pays un gel des salaires, 30 000 licenciements dans le secteur public, la compression des budgets sociaux, la généralisation de la TVA, enfin l'obligation de consacrer 70 % des recettes d'exportation du café et de la banane au paiement du service de la dette. L'Équateur surendetté devient paradoxalement le pays d'Amérique du Sud qui consacre la part la plus élevée de son budget au service de sa dette. Cette fois encore, cela ne règle évidemment rien : le peuple équatorien ne peut avaliser une telle solution ; entre 2000 et 2005, trois présidents se succèdent à Quito, aucun ne termine son mandat, et, en 2006, l'Équateur répudie de nouveau sa dette.

Toute l'Amérique latine traverse le même chaos : en décembre 2001, l'Argentine doit elle aussi se déclarer en défaut, alors que sa dette publique ne représente que 57 % de son PIB. Mais les taux d'intérêt explosent en raison de la suspicion qui l'entoure. Elle obtient une réduction de 55 % de sa dette et une rallonge des délais de paiement de cinq ans. En vain. À la mi-2004, la dette publique argentine représente 113 % du PIB, et le pays fait de nouveau défaut. Cette fois, semble-t-il, avec succès : dès 2005, la croissance économique repart (8 % environ) et les investisseurs sont de retour.

Au total, de 1956 à 2006, les créanciers du Club de Paris ont conclu environ 400 accords de traitement de la dette avec 81 pays débiteurs pour un total de 523 milliards de dollars d'encours de dette traités.

À partir de 2006, la situation du Sud paraît sous contrôle grâce à la montée des prix du pétrole et au retour de la croissance dans ces pays. Ils ne sont plus désignés comme « pays du Sud » mais comme « pays émergents ».

L'EFFET DE LEVIER
DE LA DETTE SOUVERAINE AU NORD

Au Nord, à partir de la crise pétrolière de 1973, la dette publique et la dette extérieure augmentent simultanément aux États-Unis et dans plusieurs pays européens, tandis qu'au contraire l'Allemagne et le Japon restent en excédent extérieur et budgétaire.

En 1975, grâce à l'inflation, la dette publique américaine a rejoint son niveau relatif de 1918 : 35 % du PIB. À la fin de l'automne 1976, la Grande-Bretagne n'est plus considérée comme crédible par ses créanciers ; elle fait face à une crise de la livre, et en décembre le chancelier de l'Échiquier travailliste Denis Healey emprunte 2,3 milliards de livres – le maximum autorisé – au FMI.

À partir de 1978, les salaires américains commencent à stagner. Refusant d'attribuer aux salariés une part plus équitable de la richesse produite ou d'utiliser la dépense publique comme moteur de croissance, le système capitaliste américain choisit de financer la demande privée par le crédit, tablant sur la croissance qu'il devrait entraîner pour financer la dette. C'est l'effet de levier qui fait exploser la dette privée dans les années 1980.

En France, pour pouvoir continuer d'importer des capitaux, l'emprunteur souverain s'interdit, conformément à la loi du 3 janvier 1973, de financer son déficit budgétaire par le recours à la planche à billets. En 1981, pour financer le déficit budgétaire qui réapparaît timidement, l'État tente d'obtenir des ressources à plus long terme. En mars 1983, après une crise du commerce extérieur résorbée par une réduction très efficace des dépenses publiques, l'État français réussit à séduire les épargnants étrangers avec des obligations renouvelables du Trésor. En 1985, il émet avec succès pour 300 milliards de francs d'obligations publiques, grâce à une série d'innovations financières telles que des obligations convertibles, des emprunts à coupon unique, des emprunts couplés et des emprunts à paiement échelonné, qui améliorent les conditions de liquidité, de risque, de rémunération et de mode d'amortissement des emprunts du Trésor. Ainsi, pour une fois – fait rarissime dans l'Histoire –, une crise des finances extérieures n'a pas dégénéré en crise des finances publiques.

Au total, et jusqu'au milieu des années 1990, grâce à l'inflation, la dette publique des pays développés reste faible (cf. tableau 5), aisément financée par de très nombreux nouveaux instruments financiers : en particulier la titrisation, qui regroupe des titres de la dette et permet de la faire financer par tous les épargnants du monde. En 1990, les dettes publiques française et anglaise ne représentent encore que 35 % du PIB. La dette publique américaine elle-même, qui augmente de 1 200 % en termes nominaux entre 1947 et 1997, baisse de 50 points en pourcentage du PIB : de 96 % à 46 %.

Mais le risque souverain des pays développés commence à se lézarder ; une première alerte a lieu au Japon, au début des années 1990, quand l'explosion de la bulle immobilière provoque celle de la dette publique et paralyse le secteur bancaire. Puis en Suède en 1993, quand une crise des finances privées et publiques, aggravée par l'impact de la réunification allemande sur les taux d'intérêt, conduit le gouvernement de Stockholm à décider, avec l'appui des partenaires sociaux, des réductions massives de dépenses publiques et à nationaliser provisoirement l'essentiel des banques. Ce plan est couronné de succès. De même en 1995 la dette publique canadienne, qui atteint 100 % du PIB, est réduite drastiquement par la réduction des dépenses publiques de 20 % en trois ans.

Pendant ce temps, la dette privée des ménages américains passe de 46 % du PIB en 1979 à 98 % à la fin 2007, car les banques leur prêtent jusqu'à cinquante fois leurs fonds propres, transférant leurs risques hors de leur bilan *via* l'obscur marché de la titrisation. Grâce à une baisse massive des taux d'intérêt, en particulier à partir de 2001, les dettes publique et privée peuvent croître sans peser trop lourd sur les budgets des plus pauvres. La croissance fait le reste.

Il en va de même en Europe. En Grande-Bretagne, les salaires baissent depuis 1998 en termes réels ; la dette des ménages explose, passant en trente ans de 20 % à près de 80 % du PIB. Puis la dette publique se met à augmenter pour relayer la dette privée, qui atteint des limites. En France, la dette publique, plus élevée que la dette privée, commence à augmenter à partir de 1993 ; elle atteint 58 % en 1998 et 63 % en 2007. C'est davantage encore le cas au Japon, jamais remis de l'explosion d'une bulle au début des années 1990.

Nul ne veut voir que les montants en jeu augmentent, que les pays du Sud sont de plus en plus endettés, les moratoires de plus en plus fréquents, que la faible croissance des pays du Nord ne tient que par la croissance de leurs dettes, que le G7 n'est plus qu'un tigre de papier et que personne ne pourra plus échapper à une crise de la dette venue d'ailleurs...

Chapitre 4
Le grand basculement

En 2007, la mondialisation, qui met tous les souverains en relation les uns avec les autres sans aucun contrôle, et en l'absence d'un État de droit planétaire, fait converger en une dynamique explosive tous les mécanismes de toutes les crises de dette souveraine antérieures. Cette dynamique se traduit comme chaque fois par une explosion des bulles d'actifs, un effondrement du système bancaire, une prise de conscience du surendettement de l'économie, un transfert des dettes privées des banques sur les budgets des souverains et la menace de voir ceux-ci faire défaut.

Le basculement du banquier au souverain

À l'été de cette année 2007, les indicateurs virent au rouge, et les États-Unis présentent tous les symptômes d'une crise bancaire majeure, prémices d'une crise de la dette souveraine comme on en a connu des dizaines dans l'histoire des souverains. Mais bien plus forte que toutes les autres, hormis celles qui suivirent une guerre mondiale. Alors que le PIB américain a été multiplié par 8,75, en valeur nominale, entre 1975 et 2007, la dette privée s'est trouvée multipliée par 20 et la dette publique par 3. Fin 2007, la dette totale des Américains (tous agents confondus) atteint 350 % du PIB, soit bien plus qu'en 1929. Et on ne le voit pas parce que, depuis 2001, les taux d'intérêt baissent plus vite que la dette n'augmente. En particulier, la dette publique américaine dépasse en 2007 les 8,5 trillions, soit 66 % du PIB. Son seul service est alors de 165 milliards de dollars, soit le double de ce qu'il était en 2002, malgré la baisse des taux. Pour financer cette dette, le Trésor américain emprunte aux nouveaux épargnants du monde (cf. tableau 7) : non plus seulement les Allemands, les Japonais et les pays pétroliers, mais aussi les Chinois et les fonds souverains, qui cumulent près de 3 trillions de dollars de réserves. Tout le monde est content : les pauvres parce qu'ils peuvent se loger, les gouvernements parce qu'ils réalisent le plein emploi, les entreprises parce qu'elles font des profits, et les banques qui, au passage, prennent des commissions, tout en spéculant sur l'effondrement du système.

Puis, à la mi-2008, ce qui doit arriver arrive : aux États-Unis, les ménages les plus pauvres, surendettés, ne peuvent plus honorer des crédits, dits *subprimes*, accordés à la légère à des gens insolvables.

Les banques qui transfèrent les risques réalisent que personne ne sait plus qui, de par le monde, est le détenteur final de ces créances titrisées, empaquetées, revendues. C'est la panique. On apprendra même, beaucoup plus tard, que certains de ces produits titrisés ont été fabriqués de telle façon qu'ils tombent en défaut par des financiers qui les vendent à des épargnants tout en pariant sur leur effondrement.

Les marchés se ferment, les banques ne trouvent plus de liquidités. Certains établissements bancaires, comme Lehman, font faillite, et certains assureurs, comme AIG, sont sauvés in extremis.

Pour ne pas laisser s'écrouler le système financier dans sa totalité, et instruit par l'erreur de 1929, où Hoover avait laissé les banques américaines faire faillite, le gouvernement fédéral des États-Unis décide de mobiliser des ressources, en dons, en prises de participations, en garanties pour sauver les banques : le Trésor américain émet des bons du Trésor ; la Réserve fédérale prête du papier-monnaie ; plus exactement, la Fed émet des *Agency Debts*, payés avec des dollars virtuels, sous le nom de *quantitative easing*, ce qui maintient les taux d'intérêt à un niveau très bas ; elle organise ainsi un échange d'actifs « pourris » contre des actifs « sains » (opérations dites de repo). En particulier, Goldman Sachs et J. P. Morgan bénéficient de formidables privilèges : pour sauver Lehman, J. P. Morgan reçoit par exemple des liquidités de la Fed, qu'elle utilise en fait pour racheter la banque Bear Stearns sans que ses actionnaires financent ce rachat, précipitant Lehman dans le défaut.

La dette privée est donc, une fois de plus, transférée sur les futurs contribuables. Au total, à la fin 2009, le système bancaire américain accumule des pertes de l'ordre de 4 trillions, financées aux trois quarts par le budget fédéral, qui s'endette massivement à cette fin.

Comme celui des États-Unis, les gouvernements européens, en 2008 et 2009, apportent à leurs banques en difficulté d'énormes ressources budgétaires – qu'ils n'ont pas : 2,1 % du PIB en liquidités, 2,7 % en capital, 20,5 % en garantie. En conséquence, en moins de deux ans, de 2009 à 2010, la dette publique augmente en moyenne en Europe de 14,5 points de PIB, ce qui est totalement inédit. Dans certains pays, comme la Grande-Bretagne et l'Irlande, particulièrement touchés par la crise bancaire, la dette publique augmente même davantage encore (de 30 points !). L'Irlande prend immédiatement des mesures efficaces de réduction des déficits. Aucun autre pays de l'Union n'en fait autant. Partout, la dette publique explose. Elle explose aussi au Japon, en crise bancaire depuis déjà près de vingt ans (cf. tableau 5).

La récession est diversement supportée : dans les pays vieillissants où la population décroît, le pouvoir d'achat de chacun augmente encore sans qu'il y ait croissance du PIB. C'est le cas au Japon et en Allemagne en particulier. La crise y est moins pénible que dans les pays où la démographie est forte, comme en France.

Au total, les banques occidentales ne peuvent plus prêter parce qu'elles cherchent à tout prix à réduire leurs dettes. Et les souverains occidentaux ne peuvent plus intervenir parce qu'ils ne peuvent plus augmenter les leurs. Et quand ils menacent de faire défaut, ils reportent leurs risques sur leurs créanciers, les banques, encore une fois.

Basculement de l'Atlantique au Pacifique

À l'hiver 2008 et au cours de l'année 2009, les dirigeants mondiaux, réunis en d'innombrables sommets à 8, 20 ou 27, se mettent d'accord triomphalement pour renforcer les rôles du Fonds monétaire international et de la Banque mondiale en leur allouant des moyens – qui restent pour l'essentiel virtuels hormis la vente par le FMI de 400 tonnes d'or –, ils édictent d'excellents principes de régulation que nul ne songe à mettre en œuvre ; et ils s'attaquent, très modestement, aux bonus des banquiers et aux seuls paradis fiscaux européens, lesquels ne portent aucune responsabilité particulière dans la crise. Pas un mot n'est dit sur les dettes publiques qui, seules, financent cela.

En réalité, cette crise dit surtout que le monde a changé : l'Occident, incapable de financer avec son épargne une crise qu'il n'a pas vu venir, emprunte aux pays du Sud ; le G7 devient non un G20, mais en réalité un G2 entre la Chine et les États-Unis. D'une certaine façon, cette crise financière peut même se lire comme une étape majeure dans l'accélération de la perte de confiance du reste du monde dans l'Occident et dans l'obligation progressive, imposée aux États-Unis et aux Européens, de rembourser leurs dettes sous peine d'avoir à se déclarer en faillite. La plupart des pays du Sud deviennent excédentaires : la Turquie, le Brésil, l'Indonésie, le Mexique ne sont plus menacés. Seule l'Inde l'est encore, mais sa croissance lui permet de supporter une dette élevée (80 % du PIB).

La Chine, pour qui cette crise est une aubaine, reste en forte croissance, accumule des excédents et continue d'acheter des dollars pour préserver ses propres capacités exportatrices et la valeur de son patrimoine financier (cf. tableau 9).

Conséquence particulière de cette inversion des rapports de force : le G7 et les institutions financières internationales, que l'Occident contrôle, ne peuvent plus imposer leurs conditions, dites « de Washington », aux pays du Sud. Ceux-ci sont en excédent de balance des paiements ou, lorsqu'ils sont encore endettés, peuvent emprunter sans condition à la Chine, soucieuse d'obtenir des accès privilégiés aux matières premières et aux terres arables. Les prêts bonifiés de la Banque mondiale, même s'ils sont soumis à des conditions strictes, ne servent finalement qu'à compléter et subventionner indirectement les prêts sans conditions des banques chinoises ! C'est ainsi que le Soudan, dont le régime est soupçonné de génocide, reçoit en échange de son pétrole de l'assistance chinoise, sans que celle-ci soit subordonnée à la moindre condition politique ou économique. Le « consensus de Pékin » remplace le « consensus de Washington ».

Situation à la mi-novembre 2010 : la dette publique au bord du désastre

À l'été 2010, la crise financière de 2008 n'est absolument pas résolue. La dette privée des banques a seulement été reportée en 2009 et 2010 sur les contribuables présents et futurs ; par une décision explicite, les gouvernements ont accepté de prêter aux banquiers de quoi réparer leurs erreurs, sans remettre en cause ni leur indépendance, ni leurs rémunérations, pendant que les dettes publiques continuaient d'augmenter pour leurs raisons propres. Les historiens auront du mal à comprendre ces choix, car la situation qui en résulte est particulièrement affolante, pratiquement désormais hors de contrôle.

D'abord pour le déficit : en juin 2010, plus de 40 % du PIB mondial est produit par des pays connaissant un déficit budgétaire supérieur à 7 % de leur PIB. Le solde primaire du budget s'est fortement dégradé partout, alors qu'il était partout positif jusqu'en 1995. En 2009, les États-Unis ont émis des bons du Trésor pour 60 % de leur PIB et pour

7,5 fois leurs revenus fiscaux de l'année, et le déficit représente 72 % de ces revenus fiscaux.

En France, le déficit public représente 8 % du PIB, soit près de 36 % des dépenses publiques et près de 44 % des recettes ; et le solde primaire du budget français est négatif de 3,8 points de PIB.

Il en va de même pour la dette souveraine, qui atteint des niveaux inimaginables seulement trois ans plus tôt : si l'on exclut le Zimbabwe, la dette publique nette la plus élevée est celle du Japon avec 227,4 % du PIB. Au 30 juin 2010, la dette publique américaine sans les engagements intragouvernementaux s'élève à 8,6 trillions de dollars, soit 59 % du PIB et 554 % des revenus fiscaux ; les emprunts annuels représenteront 208 % des revenus fiscaux en 2010 ; le Trésor américain doit refinancer chaque année plus de la moitié de sa dette ; il le fait pour moitié avec des capitaux venus de l'étranger, dont la moitié en provenance du Japon et de la Chine. En 2009, les intérêts sur les bons du Trésor américain représentaient déjà 34 % de la charge de la dette, avec un taux d'intérêt moyen de 3,3 %. La dette publique du Canada atteint 43 % du PIB alors que ce pays était jusque récemment montré en exemple pour la réduction drastique de sa dette publique, descendue au niveau de 38,7 % du PIB en 2004.

La dette publique européenne représente 79,6 % du PIB, le déficit budgétaire moyen dans l'Union européenne s'élevant à 7,5 % en 2010 ; celle de la Grande-Bretagne approche les 80 % du PIB ; celle de la Grèce, les 125 % du PIB, dont les quatre cinquièmes dus à l'étranger. Plusieurs pays sont au bord du défaut. La Grèce, le Portugal, l'Espagne en particulier ont entamé d'ambitieux plans d'économies budgétaires pour pouvoir financer leur dette, et ils ne sont pas les seuls. En France, la dette représente 83,6 % du PIB, 465 % des revenus fiscaux ; en 2010, ce pays sera même devenu le premier emprunteur d'Europe avec 454 milliards d'euros, devançant l'Italie (393 milliards), l'Allemagne (386 milliards) et le Royaume-Uni (279 milliards). Tous les pays de l'Union sont dans la ligne de mire des marchés, à qui ils ont emprunté.

La résurgence de la crise de la dette en Irlande, à la mi-novembre 2010, rend particulièrement manifeste la gravité de la situation. En moins d'une semaine, l'Irlande a été contrainte de demander le soutien de l'Union européenne et du Fonds monétaire international, les principales agences de notation ont diminué les notes de Dublin et une crise politique d'une envergure inédite s'est ouverte. Le « Tigre celtique », porté hier par une croissance alimentée par la spéculation immobilière et bancaire, est aujourd'hui confronté à une crise dont l'ampleur est encore inconnue. Directement affectée par la crise des *subprimes*, l'Irlande paie aujourd'hui le comportement irresponsable de son secteur bancaire et doit faire face à un déficit public très important, supérieur à 32 % de son PIB, nécessitant une cure d'austérité sans précédent. Certes, l'Union européenne et le Fonds monétaire international devraient lui accorder une aide de l'ordre de 90 milliards d'euros. Le Royaume-Uni et la Suède se sont également engagés à soutenir Dublin. Il reste que les marchés européens demeurent méfiants tandis que l'Espagne et le Portugal craignent d'être à leur tour affectés par la faillite irlandaise.

Incroyable situation où les pauvres du monde financent désormais le train de vie des riches, où tout dépend, une fois de plus, de ce qui se cache dans les comptes des banques et des fonds divers, et où la dette publique n'est supportable qu'en raison de l'effondrement des taux d'intérêt qui ne peut évidemment être que provisoire.

Tout se met en place pour un nouveau désastre. Il aura lieu si les marchés perdent confiance dans la capacité des États à rembourser ce qu'ils ont emprunté, si les taux d'intérêt se mettent à monter, comme c'est déjà le cas en Europe du Sud. La Grèce, la première, est encore au bord du défaut. Malgré l'accord de mai 2010 conclu par le FMI et l'Union européenne pour aider cet État, en échange de réformes majeures de sa part, et malgré un ensemble de concours conditionnels intereuropéens de l'ordre de 400 milliards d'euros, rien n'est sérieusement mis en place pour créer de véritables ressources européennes ni pour réduire encore suffisamment les dettes.

On peut alors craindre soit une déflation, si les plans de rigueur sont efficaces, soit un moratoire sur la dette publique de certains pays (dont la Grèce) s'ils ne le sont pas. Dans les deux cas, cela se traduira par d'immenses pertes des banques européennes ayant souscrit aux émissions du Trésor de ces pays. Tout alors devient envisageable, y compris la faillite de certaines banques centrales.

Il est pourtant possible d'y échapper. Les pays endettés d'Occident, d'Europe, d'Amérique et d'Asie demeureront très riches : leurs actifs financiers internationaux sont encore très élevés, à leur valeur actuelle – ceux des États-Unis se montent à quelque 20 trillions de dollars, ceux de l'Allemagne et de la France à une somme de l'ordre de 6 trillions. Ils ont les moyens de réduire leur dette publique et de retrouver le chemin d'une forte croissance.

La Chine ne détient encore, elle, que 2,4 trillions de réserves ; le Brésil et l'Inde, autour de 0,5 trillion. En termes d'actifs nets, déduction faite des dettes, le plus élevé reste celui du Japon avec 2,5 trillions de dollars, suivi par celui de la Chine avec 1,5 trillion de dollars, puis par celui de l'Allemagne avec 0,9 trillion, puis par ceux de la Russie et de la France.

Encore faudra-t-il, au moment où la crise de la dette menace de se propager à tous les pays souverains et de revenir en boomerang sur les banques privées et les banques centrales, tirer soigneusement les leçons du passé et prendre les décisions tactiques et stratégiques qui s'imposent.

Une fois de plus, tous les destins sont encore possibles, et le pire n'est pas inéluctable.

Chapitre 5

Les douze leçons de l'histoire de la dette souveraine

Cette longue histoire, jalonnée de dettes et de crises, semble erratique et imprévisible ; aucun épisode ne paraît avoir le moindre trait commun avec les autres. De fait, chaque fois qu'un souverain menace de se déclarer insolvable, les emprunteurs comme les prêteurs partagent le sentiment qu'aucun précédent ne saurait s'appliquer à leur situation et qu'ils sauront, eux, s'en tirer beaucoup mieux que les autres.

On peut pourtant tirer de cette histoire bien des leçons, valables depuis bientôt presque mille ans, et les résumer en douze points qui mériteraient de n'être pas oubliés dans la gestion de la crise actuelle.

Première leçon : *la dette publique est une créance des générations actuelles sur les suivantes, lesquelles finissent toujours par la payer d'une façon ou d'une autre.*

La dette publique est d'une nature radicalement différente de la dette privée : à la différence de l'emprunteur privé, famille ou entreprise, le souverain, lorsqu'il devient un État, est quasi immortel et peut augmenter ses revenus quasiment à sa guise, sans que nul ne puisse véritablement vérifier la qualité des services qu'il rend en échange. De plus, l'État peut se contenter de payer les intérêts de sa dette sans jamais rembourser le principal, en tout cas aussi longtemps que les marchés lui font confiance.

La dette publique sert à financer pour l'essentiel des dépenses utiles aux générations actuelles avec l'argent des générations futures. En particulier, elle finance des dépenses de fonctionnement du budget en cours dont certaines, qu'il s'agisse de l'éducation ou des infrastructures, peuvent être considérées comme des dépenses d'avenir.

Celui qui est appelé un jour à rembourser ou à refinancer une dette publique n'a généralement pas le droit de vote au moment où celle-ci est contractée : il est placé devant un fait accompli, et la dette souveraine va peser sur lui pendant au moins toute la fin de la vie de ceux qui l'ont contractée, c'est-à-dire au moins vingt ans après que ceux-ci auront cessé de contribuer à son remboursement ou à son refinancement. La dette souveraine est donc la mesure du risque que les générations présentes font prendre aux suivantes.

Le poids de la dette publique sur les générations futures peut être clairement identifiable quand elle est financée par un emprunt et que celui-ci est en permanence refinancé et non remboursé. La charge qui pèse sur les générations futures est moins visible quand il s'agit de la simple décision prise par une génération de laisser aux suivantes le soin de payer en ses lieu et place des dépenses qui la concernent.

Un emprunt souverain est donc d'autant plus supportable que les générations futures s'annoncent nombreuses et riches ; c'est-à-dire d'autant plus qu'une structure démographique dynamique et une croissance potentielle forte garantissent son financement. En particulier, l'immigration aide d'autant plus à financer la dette que le pays d'accueil n'a pas, en général, financé les premières années de vie et de scolarité des étrangers qu'il reçoit. D'où le fait que la dette est plus facile à porter dans les pays ouverts aux étrangers, comme les États-Unis.

Deuxième leçon : *la dette publique peut se révéler très utile à la croissance.*

Un pays reste solvable aussi longtemps que la valeur totale actualisée des revenus nets escomptés de l'usage de la dette publique est supérieure à la valeur nette actualisée du stock de dette. Autrement dit, l'emprunt public est justifié si l'investissement qu'il finance augmente la valeur des actifs collectifs pour les générations qui auront à le rembourser ; et plus encore s'il l'augmente davantage que ne l'aurait fait un autre usage de ces ressources. C'est en particulier le cas lorsque l'emprunt finance des infrastructures publiques en matière d'énergie, de transport, de santé, d'éducation, ou des activités productrices de revenus, ou s'il finance des activités apportant des avantages non quantifiables, à l'instar d'une guerre de défense contre un envahisseur.

L'emprunt public est injustifié s'il finance des dépenses budgétaires courantes, s'il sert à financer des forces de police pour un dictateur ou s'il concourt à l'accumulation de bénéfices privés pour des adjudicataires privilégiés de marchés publics.

Même justifié, l'emprunt public est de moins en moins efficace quand augmente la dette, car celle-ci réduit les ressources disponibles pour l'investissement concurrentiel et fait monter les taux d'intérêt, ce qui accroît les charges du budget. De plus, l'endettement public excessif crée une ambiance politique et sociale qui paralyse l'action publique et privée.

En outre, même utilisée pour investir, la dette publique peut ralentir la croissance économique si les consommateurs réduisent leurs achats par crainte que le déficit d'aujourd'hui ne devienne l'impôt de demain.

Au total, des études empiriques établissent – sans le démontrer absolument – que la dette publique a, par le passé, de plus en plus pesé sur la croissance économique quand elle a franchi le seuil des 90 % du PIB (cf. tableau 10).

Troisième leçon : *la dette publique pousse le souverain à susciter la création d'instruments financiers utilisés ensuite contre lui par les marchés.*

La dette publique n'a nulle part été une incitation à améliorer la comptabilité publique, pas même à distinguer clairement actif et passif, fonctionnement et investissement. Pour obtenir les moyens de financement dont il a besoin, le souverain est à l'origine de la création de mille et un instruments financiers : caisse spéciale, impôts affectés, obligations, marchés secondaires, banque centrale, billets de banque, bons du Trésor, transférabilité des titres, titrisation, options, primes, etc. Pour garantir à ses prêteurs qu'il remboursera sa dette, le souverain imagine des réserves, des recettes ou des actifs affectés. Pour l'auditer, il invente des livres de comptes, des cadastres, des agences de notation. Pour l'assurer, il forge des mécanismes de couverture des risques (tels, très récemment, les CDS). Pour la masquer, il met en place des agences externes, garanties ou non (comme Fannie Mae et Freddie Mac aux États-Unis), des consortiums de réalisation (comme, en France, la Cades pour l'amortissement de la dette sociale) ou des mécanismes d'externalisation des dépenses à long terme, comme les partenariats public-privé.

Le souverain utilise en premier lieu ces nouveaux outils, quitte à changer la loi (comme il le fit pour le papier-monnaie de Law, pour la comptabilisation des swaps de taux ou pour l'invention des CDS…). Ces outils sont ensuite utilisés par les marchés financiers au profit de l'économie concurrentielle ; puis au profit des institutions financières elles-mêmes, et en particulier des créanciers de la dette souveraine. En s'endettant, le souverain se met progressivement entre les mains des marchés.

Quatrième leçon : *les déficits publics intérieurs et extérieurs sont intimement liés.*

Certains pays connaissent tout à la fois des excédents commerciaux et des excédents budgétaires. D'autres pâtissent à la fois des déficits du commerce extérieur et du budget. D'autres encore supportent des dettes externes et des dettes publiques. Quoi qu'il en soit, dans tous les pays, il existe un équilibre entre l'épargne interne et l'épargne externe : solde externe et solde interne sont les deux faces d'une même réalité. Une relation comptable, c'est-à-dire une relation d'évidence, relie en effet la balance extérieure courante avec le total des besoins intérieurs de financement ; la balance courante (autrement dit, le solde des échanges de biens et de services avec l'extérieur) est égale au total de la balance des budgets publics et de la balance des budgets privés (épargne diminuée de l'investissement).

Un déficit de balance des paiements révèle donc qu'il a été nécessaire de faire rentrer des capitaux pour financer un déficit du secteur privé (cas de l'Espagne) ou un déficit du souverain (cas de la Grèce), voire les deux (cas des États-Unis). Autrement dit, désendetter à la fois l'État et le secteur privé rend mécaniquement excédentaire la balance extérieure courante.

Par ailleurs, les déficits publics et privés, internes et externes, s'articulent l'un à l'autre dans le temps : dans certains cas, le déficit des paiements courants est la conséquence des emprunts contractés à l'étranger pour financer la dette souveraine, en particulier pour financer des dépenses militaires ; dans d'autres cas, la perspective d'une croissance économique entraîne une augmentation de la valeur des actifs privés, immobiliers ou boursiers, qui justifie une croissance du crédit (privé et public, interne et externe). Jusqu'à l'explosion de cette bulle des actifs, qui conduit à une chute des recettes fiscales et de la production, ce qui provoque une crise de liquidité. L'État doit alors intervenir afin d'éviter une crise de solvabilité des banques en reprenant leurs créances, en les fusionnant ou en les nationalisant. Par ces dépenses nouvelles, les dettes publiques, souvent financées par l'étranger, augmentent, et la maturité des emprunts devient plus courte. Il est des cas où ces dépenses permettent au souverain de faire des profits en devenant actionnaire des banques ; dans d'autres, le profit est pour l'actionnaire, et la dépense, pour le contribuable. Très souvent, la dette externe précède la dette interne.

Dans la pratique, selon des études empiriques, dans 84 % des cas, une crise de la dette publique est précédée d'une crise bancaire et d'une crise de change. En moyenne, la dette publique augmente de 86 % dans les trois années qui suivent une crise bancaire ; une telle crise est toujours suivie de coupes budgétaires et d'une hausse des impôts.

On retrouve ce scénario en de très nombreuses occasions, en particulier dans les trois plus grandes crises bancaires récentes : Suède en 1991, Japon en 1992, États-Unis en 2008.

Une crise de change est souvent provoquée par une crise de dette souveraine, qui ruine la confiance dans la monnaie du pays. Inversement, une crise de change peut engendrer une crise de dette souveraine, financée par des emprunts à l'étranger, en poussant à une dévaluation de la monnaie nationale, qui diminue les capacités de remboursement de la dette.

Cinquième leçon : *la dette souveraine est condamnée à augmenter si le souverain ne compense pas la tendance naturelle de ses dépenses à augmenter plus vite que ses recettes.*

Depuis les guerres entre cités grecques jusqu'à la lutte antiterroriste en passant par la guerre de Cent Ans, la guerre de succession d'Espagne et celle de Sécession, c'est d'abord pour financer des dépenses de sécurité et de communication que le souverain se résigne à emprunter : il espère toujours qu'une victoire lui fournira les moyens de rembourser la dette contractée pour mener bataille. Une telle dette est utile aux générations suivantes, dont elle protège l'indépendance.

À partir de la fin du XIXe siècle et avec la victoire progressive de la démocratie, les dépenses publiques (cf. tableau 15) augmentent aussi pour financer d'autres services reconnus comme collectifs (éducation, santé, retraites), antérieurement rendus gratuitement dans le cadre familial.

Ces dépenses publiques financent pour l'essentiel des services rendus à productivité constante (soldats, médecins, professeurs, policiers, etc.). Ce sont majoritairement des activités d'assurance : l'État est un assureur qui ne définit pas clairement les dommages qu'il couvre. Ces activités occupent donc une part croissante du PIB (parce que la productivité de l'industrie augmente plus vite que celle des services et en particulier des services publics), alors que les impôts qui les financent n'augmentent pour la plupart que proportionnellement au PIB (cf. tableau 11). L'écart entre les uns et les autres se creuse tout naturellement.

De plus, les recettes de l'État augmentent moins facilement que ses dépenses. Il est très facile de créer ou d'augmenter une dépense publique : il suffit d'une décision administrative ou législative, qui se prend en un rien de temps ; de même, il est on ne peut plus facile de réduire ou de supprimer un impôt, puisque presque personne ne s'y oppose, hormis pour des raisons d'équité. En revanche, il est très difficile de réduire une dépense publique, car il faut déployer beaucoup d'efforts et de courage pour s'attaquer à tout avantage acquis ; de même, il est politiquement très difficile de créer ou d'augmenter un impôt, quel qu'il soit.

Au total, les budgets publics sont donc structurellement déficitaires et ne peuvent s'équilibrer que par une augmentation des impôts, c'est-à-dire par l'acceptation, très difficile à obtenir, d'une croissance de la socialisation de la dépense ; ou par une réduction des prestations, c'est-à-dire par une remise en cause, tout aussi difficile à faire admettre, du caractère universel et égalitaire d'une assurance contre les risques.

Le déficit et la dette sont donc la marque de la réticence de nos sociétés à accepter l'irrésistible tendance à la socialisation des risques dans une société qui se veut de plus en plus libérale. La dette est aussi une mesure de la faiblesse du consensus social à l'égard du rôle que doit jouer l'État.

Elle est même, politiquement, la traduction d'une certaine mythomanie de la puissance publique, qui prend ses rêves pour des réalités.

Sixième leçon : *la dette est d'autant plus soutenable qu'elle est financée par de l'épargne interne.*

Plus le financement de la dette souveraine est assuré par l'épargne interne, plus il est stable, car alors ne se pose pas le problème du taux de change, qui peut modifier radicalement le coût d'une dette ; et parce qu'en toute dernière extrémité il est possible, dans ce cas, de demander à la banque centrale de prêter à l'État de quoi rembourser ses créanciers ou de transformer la dette interne en impôt sur les prêteurs. C'est le cas au Japon, où la dette publique dépasse les 200 % du PIB sans difficulté particulière de financement, en raison du patrimoine accumulé des Japonais, de leur taux d'épargne très élevé et du taux d'intérêt quasi nul dans ce pays.

Si le financement de la dette souveraine est assuré par de l'épargne étrangère, comme dans les pays du sud de l'Europe et aux États-Unis, la source ultime de son remboursement est alors la réserve en or et devises de la banque centrale. Si la devise d'un pays est une monnaie de réserve pour les autres, comme c'est le cas aux États-Unis, ce pays peut aussi emprunter à l'étranger dans sa propre monnaie, et sa situation est alors presque aussi confortable que s'il empruntait à domicile.

Septième leçon : *les débiteurs tiennent les créanciers autant que ceux-ci croient les tenir.*

Le créancier souverain d'aujourd'hui est le débiteur souverain de demain. Il commence en général par prêter aux États les plus puissants, puis il les remplace, avant d'être lui-même victime de la même dérive : la géopolitique et la dette souveraine sont intimement liées.

Les créanciers, même privés, ont en principe un pouvoir de négociation supérieur à celui des débiteurs, même souverains. Les représailles qu'ils peuvent exercer sur un débiteur défaillant vont de la fermeture de toute possibilité d'emprunt à un embargo sur le commerce extérieur du pays, en passant par la mise en faillite et la confiscation des actifs à l'étranger.

Mais, depuis toujours, on l'a vu, les souverains peuvent décider de leur côté que d'autres dépenses sont plus importantes que le règlement de leur dette. Ils se débarrassent alors des créanciers en les chassant, en les martyrisant ou en refusant simplement de les rembourser. Au surplus, l'immunité souveraine protège l'État débiteur de la saisie de ses principaux actifs. Il n'est pas non plus menacé sérieusement par un embargo crédible de ses créanciers sur ses produits, lequel nécessiterait la coordination des divers États abritant ses divers créanciers.

En particulier, depuis 1980 et la libéralisation des marchés des capitaux, les États peuvent emprunter à une multitude d'épargnants anonymes, qui ne connaissent en général pas leurs droits et qu'aucun cadre juridique international ne vient aider à les faire respecter. De fait, le souverain peut retarder presque indéfiniment le règlement d'un litige avec un créancier en portant plainte contre lui auprès de l'organe de règlement des différends de l'Organisation mondiale du commerce. Le sentiment d'impunité des États reste dès lors le principal moteur de la dette souveraine.

D'innombrables exemples montrent que la répudiation de la dette, c'est-à-dire le défaut, fût-il partiel, est dans bien des cas politiquement et économiquement plus préjudiciable au créancier qu'au souverain. Un créancier accroît donc parfois ses chances de remboursement d'une créance souveraine en en annulant une partie, dans l'espoir d'augmenter la valeur anticipée des remboursements sur la part restante.

Huitième leçon : *quand s'annonce l'imminence d'une crise de la dette publique, le souverain pense en général que sa situation est particulière, et qu'il s'en tirera.*

Chaque fois qu'une dette souveraine excessive s'accumule, les emprunteurs pensent qu'ils ne se laisseront pas, cette fois, imposer des conditions par leurs créanciers ; chaque fois, ceux-ci pensent qu'ils ne permettront pas, cette fois, à leurs débiteurs de remettre en cause les échéances de leurs prêts. Tous oublient qu'une dette mal gérée ruine à la fois créanciers et débiteurs.

En particulier, les débiteurs sont toujours d'incurables optimistes. D'innombrables exemples au cours de l'Histoire établissent en effet que les dirigeants des pays endettés croient toujours que le pire, même annoncé, n'adviendra pas. Ils pensent que les taux d'intérêt ne vont pas monter. Ils estiment que, dans leur cas, une solution favorable sera trouvée et que leur ruine n'est pas imaginable. Ils se refusent à imaginer ce que sont concrètement les conséquences d'un arrêt du financement d'une économie ou d'une hausse des taux d'intérêt. Ils ne croient pas ceux qui leur disent que tout cela va mal finir et qui vont répétant que le pire n'est pas seulement possible, mais qu'il est déjà en passe de se réaliser.

Ils supposent que, en empruntant encore, ils vont régler leurs problèmes ; que la croissance ou tout autre événement externe va résoudre leurs difficultés, et que le défaut n'est simplement pas concevable : pas ça, pas eux, pas maintenant !

Comme toujours quand on table sur un miracle, c'est le chaos qui survient.

Neuvième leçon : *le déclenchement d'une crise de dette souveraine dépend plus de la perte de confiance subjective des marchés que du dépassement de ratios standardisés.*

Nul ne sait prédire avec certitude quand les marchés sifflent la fin de la récréation en faisant monter les taux, ni quand les opinions publiques exigent un moratoire pour pouvoir continuer à financer leurs services publics.

Aucun ratio financier ne suffit à expliquer le déclenchement d'une crise : la moitié des défauts de paiement des pays émergents depuis 1970 sont le fait de pays dont le ratio dette/PIB dépassait 60 %, et l'autre moitié des défauts se produit à des niveaux de dettes souveraines inférieurs à 60 % du PIB. Des pays ont même supporté sans faillir des ratios dette/PIB de 200 %, voire de 290 % (cf. tableau 2). Aucun autre ratio n'est plus pertinent que celui-là pour prédire le déclenchement d'une crise, si ce n'est peut-être la part du service de la dette dans le budget : lorsque cette part atteint 50 %, le rattrapage devient très difficile. Et en général, quand ce niveau d'endettement public approche, le gouvernement et/ou le marché s'en mêlent…

Plus généralement, le déclenchement des crises de dette souveraine dépend de la confiance des marchés où opèrent les créanciers du souverain, qui dépend elle-même de très nombreux facteurs : le niveau du déficit, le niveau et la maturité de la dette, la part du service de la dette financée par l'épargne intérieure, la croissance potentielle, les taux d'intérêt, le prix de certaines matières premières exportables (le coton en 1830, le guano en 1870, le coton encore en 1930, le pétrole en 1980), le niveau des prélèvements obligatoires, la capacité contributive, le taux d'épargne privée, le surplus primaire attendu, la nature de la devise, l'existence d'une bulle d'actifs, etc.

Mais aussi et surtout de la situation politique : le degré de démocratie et de libertés publiques, la volonté du gouvernement endetté de payer ses dettes, la proximité des élections, l'état de l'opinion, la nature des économies budgétaires et des hausses d'impôts nécessaires.

Chacun de ces facteurs peut influer sur l'autre : l'explosion de la bulle d'actifs dépend de la croissance, laquelle dépend du niveau de la dette, qui dépend à son tour du taux d'intérêt, lequel dépend du niveau de la bulle. Si le taux d'intérêt payé sur la dette est supérieur au taux de croissance du PIB, la part de la dette augmente, même sans nouveau déficit. Si un pays a un taux élevé de prélèvements obligatoires, il dispose de moins d'épargne privée. Plus un pays est autoritaire, plus les taux d'intérêt y sont élevés. Plus un pays, en principe, est depuis longtemps démocratique, plus il a la volonté de rembourser ses dettes, donc de déployer des efforts pour les maîtriser, car il est conscient des avantages à long terme de se montrer un débiteur fiable et il sait quels impôts augmenter pour ne pas décourager l'épargne.

Dans cette fascinante partie de poker, l'expérience montre que la probabilité du défaut augmente dès lors que se rapprochent les échéances électorales.

Dixième leçon : *la résorption de la dette souveraine passe par huit stratégies dont, presque toujours, l'inflation.*

Il a existé, et il existe encore, huit solutions à une dette publique excessive : plus d'impôts, moins de dépenses, plus de croissance, une baisse des taux d'intérêt, plus d'inflation, une guerre, une aide extérieure ou un défaut. Tous ces moyens ont été et seront utilisés. Aucun autre n'existe.

Parmi eux, l'inflation est un recours fréquent. D'abord parce que la dette publique peut générer une hausse des prix si elle est financée par des moyens monétaires plus importants que ceux que justifierait la création d'activités économiques réelles. Cela peut alors se traduire par la hausse des prix des produits de consommation : on parle alors d'inflation. Ou par celle du prix des actifs (financiers, immobiliers) : on parle alors de bulle. Par ailleurs, l'inflation réduit la valeur des dettes, hormis celles qui sont indexées sur les prix ; elle augmente les recettes fiscales, élimine une dette excessive pour les jeunes générations, leur permet d'emprunter pour investir. Une inflation annuelle de 3 à 5 % pendant cinq ans permet de réduire mécaniquement le niveau de dette publique de plus de 20 points de PIB.

Dans un premier temps, l'inflation est bonne pour les salariés, si les salaires sont indexés ; elle est aussi bonne pour les emprunteurs. À l'inverse, elle est mauvaise pour les salaires et les retraites non indexés, pour les épargnants ayant placé leur argent à taux fixe et pour les entreprises exportatrices, qui perdent de leur compétitivité.

Dans un second temps, tous les salariés et tous les détenteurs de revenus fixes, même indexés, voient leur pouvoir d'achat remis en cause quand l'État essaie de maîtriser l'inflation en ne laissant plus les salaires augmenter au même rythme que la hausse des prix.

Onzième leçon : *presque tous les pays surendettés finissent par faire défaut.*

Rares sont les gens qui croient, à toute époque, le défaut possible. Pourtant, presque tous les pays souverains ont fait défaut au moins une fois dans leur histoire : on comptabilise 250 cas de défaut externe et 68 de défaut interne entre 1800 et 2009 (cf. tableau 1). Les uns et les autres sont d'ailleurs, on l'a dit, intimement liés. La France a fait défaut 8 fois, l'Espagne 6 fois entre le XVIe siècle et la fin du XVIIIe siècle. L'Amérique latine a connu 126 défauts ; l'Afrique, 63.

Le défaut sur la dette publique se fait par conversion forcée à des valeurs inférieures, par des coupons de valeurs plus basses, ou, à l'extrême, par la suspension temporaire ou définitive du paiement des intérêts et du principal. Après un défaut, la valeur de l'immobilier baisse en moyenne de 35 % en six ans ; la valeur des actions, de 56 % en trois ans et demi ; le chômage augmente de 7 % en quatre ans, la production baisse de 9 % en deux ans.

Le défaut ne protège pas non plus les bénéficiaires des dépenses publiques, qui ont à souffrir de programmes d'économies budgétaires. Tout défaut entraîne une exclusion temporaire des marchés des capitaux et la nécessité de vivre sans emprunter.

Tout défaut implique une restructuration lente et laborieuse de la dette, à l'issue incertaine. Guerre ou révolution sont aussi souvent sur le chemin du défaut. Dans les cas extrêmes, des États ou des empires en viennent même à s'effondrer à la suite de crises de la dette souveraine : ainsi Venise vers 1490, Gênes vers 1555, l'Espagne vers 1650, Amsterdam vers 1770. Certains pays ont même été annexés après un défaut, comme l'Égypte en 1876 ou Terre-Neuve en 1936.

La durée du défaut est souvent plus longue que celle de la crise bancaire qui le déclenche. Le défaut conduit en général à une interruption du crédit pendant plusieurs années : cinquante-trois ans pour la Grèce à partir de 1893, trois ans en moyenne depuis 1945, contre une moyenne de six ans entre 1800 et 1945. Après le défaut russe de 1918, la valeur des titres russes a d'abord chuté de moitié, puis de 99 %. Après le défaut roumain de 1933, la valeur des obligations publiques de ce pays a baissé des deux tiers. Dans les deux cas, les marchés financiers ont été fermés pour une durée indéterminée. Depuis 1970, les crises de dette durent onze ans en moyenne. Aujourd'hui, les États font de plus en plus souvent défaut, mais ils se relèvent de plus en plus vite.

Douzième leçon : *tout souverain responsable doit s'interdire de financer son fonctionnement par l'emprunt et doit limiter ses investissements à sa capacité de remboursement.*

Pour que la dette souveraine soit correctement gérée, il faut dans tous les cas et toutes les situations la bien connaître et la faire connaître, la maîtriser, l'étaler, dissuader son retour et l'utiliser efficacement. Ces principes de survie renvoient à ceux, plus généraux, que j'ai développés dans un livre précédent.

La connaître et la faire connaître : il faut pour cela des politiciens ayant le courage de ne pas masquer les réalités, de les demander et de les obtenir de leurs comptables, la capacité de faire savoir à l'opinion publique les exigences du long terme, d'énoncer les menaces de l'avenir ; d'être provisoirement impopulaires et de replacer la question de la dette dans son vrai contexte, celui de la place de l'État dans la société, c'est-à-dire de la place croissante du collectif dans une société qui se croit de plus en plus libérale. Ils devraient aussi bien connaître les comportements, les stratégies et les préoccupations des créanciers. Ce point-là est essentiel : c'est par l'empathie à l'égard des marchés que le souverain pourra survivre.

La maîtriser : lorsque la dette publique finance des dépenses courantes, ou lorsqu'elle dépasse le juste niveau de la bonne dette, qui varie d'un pays à l'autre, il faut dégager un surplus primaire (c'est-à-dire un excédent budgétaire avant tout remboursement de la dette) qui permet d'espérer pouvoir la réduire. Ce qui exige d'organiser une réduction des dépenses publiques (dans ce cas, la crise ne dure en moyenne que six ans, et le ratio de la dette s'en trouve réduit de 25 points) ou une hausse des impôts, comme l'ont fait très régulièrement la France et récemment l'Allemagne (dans ce cas, la crise est en général plus pénible, mais plus brève). Cela passe aussi par la surveillance des risques que le secteur concurrentiel, en particulier financier, fait courir aux dépenses publiques.

L'étaler : en cas d'impossibilité de réduire la dette à temps, un étalement bien négocié des versements et un refinancement à moindre coût permettent à certains pays de repartir brillamment vers la croissance, comme ce fut très récemment le cas de l'Argentine, du Brésil et de l'Équateur. Cela implique que le souverain dispose d'une expertise de négociation à très haut niveau, capable de soutenir la partie face à celle des créanciers.

Dans certains cas extrêmes, un moratoire, au moins partiel, est la meilleure des solutions, sur les plans économique et social.

Dissuader son retour : il faut mettre en place des mécanismes de sanction contre le retour de la dette publique excessive dès que des indicateurs fiables et exhaustifs signalent des dérapages. Cela suppose en particulier d'avoir le courage de s'imposer constitutionnellement l'interdiction de financer les dépenses courantes par l'emprunt. Le budget public de fonctionnement doit être absolument équilibré.

L'utiliser efficacement : d'abord, redéfinir de façon stable le partage entre dépenses publiques et dépenses privées ; puis définir un *budget d'investissement public*, augmentant la valeur du patrimoine du souverain ; enfin, définir un *budget de réparation* pour financer les dépenses laissées à la charge des générations à venir (retraites, dégradations de l'environnement). Les dépenses d'avenir peuvent être un facteur de croissance et donc permettre, par de la dette nouvelle, de réduire l'endettement futur. La dette publique est donc au cœur de la géopolitique, par les menaces qu'elle représente, et de la politique, par les choix qu'elle exige.

Chapitre 6
Le scénario du pire

Le pire, autrement dit la ruine de tous, est possible. En particulier, la ruine de l'Occident constitue un scénario crédible, aussi peu attendu des contemporains que ne le furent en leur temps la ruine de Venise, celle de Gênes ou de Madrid.

Comme en beaucoup d'autres cas, la démesure de la dette souveraine peut être le déclencheur de cette ruine en même temps que le moyen de prendre conscience de son imminence : par les contraintes qu'elle impose, elle constitue un principe de réalité.

Comme souvent par le passé, on l'a vu, nombre de dirigeants des principaux pays développés pensent que ce qui s'annonce aujourd'hui est différent de ce qui s'est passé hier dans des circonstances analogues. Pour eux, la crise actuelle va bientôt se terminer, la dette souveraine refluer. Selon eux, la production mondiale connaît déjà une reprise, le bilan des banques se rétablit, le chômage se stabilise ; tout cela devrait permettre, pensent-ils, aux États des pays développés de faire rentrer les recettes fiscales nécessaires, de réduire leurs déficits et leurs dettes sans risquer de crise de solvabilité. Ils estiment que les États et leurs créanciers ont tiré les leçons de leurs erreurs, et que, grâce à des démocraties mieux assurées, à des dirigeants politiques mieux informés et plus surveillés, à des comptabilités mieux tenues et à des emprunts contractés avec plus de discernement sur des marchés financiers plus sophistiqués, le monde ne reverra pas une nouvelle grande vague de défauts de paiement, à tout le moins dans les pays développés. De plus, disent-ils, la baisse des taux d'intérêt réduit à néant le coût de la dette. De fait, aux États-Unis, le service de la dette est passé de 4,8 % du PIB en 1991 à 2,8 % en 2009.

Ces hypothèses ne sont certes pas invraisemblables. Il n'empêche : le pire reste encore possible, car le paysage mondial est, aujourd'hui, très inquiétant : si l'Asie, l'Afrique et l'Amérique latine se développent et dégagent de l'épargne, les gouvernements du Japon, de l'Europe et des États-Unis ont dépensé des fortunes pour écarter provisoirement une crise bancaire en laissant aux financiers la maîtrise de leurs institutions, sans rien régler de fondamental. La dette publique atteint un niveau où elle peut exploser, et pas seulement aux marges de l'Europe.

En 2010, le ratio de la dette publique des pays développés par rapport à leur PIB est en moyenne de 80 % pour les pays les plus riches du G20, alors qu'il n'est que de 40 % pour les pays émergents membres du même club. Si rien ne change, ce ratio sera bientôt égal, dans les pays riches, à ce qu'il était au sortir de la Seconde Guerre mondiale.

Par ailleurs, l'interdépendance croissante des économies rend les crises modernes plus difficiles à cantonner que celles du passé : au XVe siècle, Venise pouvait faire faillite sans que cela influe sur la prospérité des autres nations d'Europe, chacune ayant d'autres débouchés commerciaux. Si, en revanche, l'Europe vient aujourd'hui à s'effondrer, l'Amérique et le reste du monde s'effondreront de même, selon un scénario du pire qu'on n'a aucune peine à imaginer, en regardant la réalité d'aujourd'hui.

Première étape :
le surendettement souverain s'alourdit

D'abord, si rien n'est fait rapidement, la dette publique des pays de l'OCDE continuera de croître massivement, sous l'effet combiné de la baisse des recettes fiscales, des plans de relance, de l'incapacité de ces pays à retrouver une forte croissance, des pertes gigantesques encore cachées dans les banques et les institutions financières, et de la volonté frénétique du secteur privé, en particulier du secteur bancaire, de se désendetter. En outre, si l'allongement de la durée de vie et la baisse de la natalité en Occident entraîneront, à législation constante, une légère baisse des dépenses d'éducation, elles provoqueront surtout une hausse massive des dépenses de santé, ainsi que de celles liées à la dépendance et aux retraites, alors que la hausse des impôts sera de plus en plus impopulaire, en raison des niveaux qu'ils ont atteints.

Au total, dans les années à venir la dette publique dans les pays de l'OCDE va vraisemblablement encore augmenter à partir des niveaux vertigineux qu'elle vient d'atteindre (cf. tableau 5).

Regardons les chiffres :

Au Japon, à législation constante, et même sans évolution des taux d'intérêt, aujourd'hui quasi nuls, la dette publique brute devrait passer de 204 % à 245 % du PIB en 2014, puis, selon la Banque des règlements internationaux, à 300 % en 2020. Même si le Japon a accumulé un stock considérable de capital, sa capacité de financer sa dette par sa propre épargne s'épuise. D'autant plus que, privées de financement et de demande par l'orientation de l'épargne vers les bons du Trésor, les entreprises privées japonaises risquent de cesser d'investir et d'alimenter l'innovation et la croissance. Pour ramener en quinze ans le ratio de la dette publique japonaise au PIB à 60 %, il faudrait que l'État fasse au moins 20 points de PIB d'économies budgétaires ou d'augmentations d'impôt. S'il n'y parvient pas, les épargnants japonais, si patriotes soient-ils, pourraient perdre confiance et cesser de financer l'État. Les taux d'intérêt devraient augmenter. Le défaut adviendrait alors très rapidement.

En Europe aussi, la dette publique, qui vient d'atteindre des niveaux vertigineux, ne peut qu'augmenter encore. Dès 2010, les budgets des pays membres de l'Union européenne ont besoin d'emprunter 1,6 trillion d'euros. Si l'on en croit des prédictions plus qu'incertaines de l'Union européenne, la dette de l'Italie passera de 115,3 % du PIB en 2009 à 128,5 % en 2014 ; celle de l'Allemagne, de 78,7 % à 89,3 % ; celle de la France, de 83 % à 96,3 % ; celle du Royaume-Uni (le pays le plus en péril parce que non protégé par l'euro), de 68,7 % à 98,3 %. Selon d'autres prévisions émanant du FMI, en 2014, la dette publique du Royaume-Uni sera de 99,7 % du PIB ; celle de la Belgique, de 111,1 %. Celle de l'Italie, de 132,2 % ; la dette publique de la Grèce sera de 133,7 % de son PIB (cf. tableau 6). Le Portugal, l'Irlande, l'Espagne (dont la dette publique a doublé en quatre ans) connaissent des situations pires encore.

En 2020, cette fois selon la Banque des règlements internationaux (BRI), la dette publique dépassera les 200 % du PIB en Grande-Bretagne, et les 150 % en Belgique, en France, en Irlande, en Grèce et en Italie. À taux d'intérêt constant, les charges d'intérêt représenteront alors plus de 10 % du budget de ces États, jusqu'à 27 % pour le Royaume-Uni (cf. tableau 6).

Si les taux d'intérêt grimpent, ces montants seront alors hors de portée de tout financement raisonnable. De plus, les maturités sont de plus en plus courtes (cf. tableau 8). Et à l'avenir davantage encore, car les dépenses sociales et militaires européennes vont continuer de croître pour des raisons à la fois démographiques et géopolitiques. Sans compter que les dépenses européennes d'armement, qui représentent chaque année plus de 250 milliards d'euros, financent en grande partie des importations, contrairement aux États-Unis, où l'essentiel des commandes militaires sont adressées à des entreprises nationales. Il faut encore y ajouter les pertes restant à venir du système financier, qu'il faudra bien couvrir, et d'autres déficits publics dissimulés par divers mécanismes (swaps, consortiums de réalisation, agences paragouvernementales, partenariats public-privé, etc.), transformant le déficit extérieur en dettes publiques (comme en Irlande) ou le transférant (comme l'Espagne) en investissements immobiliers, convertis par la crise en déficit public interne. La restauration des balances primaires exigera des efforts considérables (de l'ordre de 4 à 8 % du PIB d'économies ou de recettes nouvelles, selon les pays).

Il en va de même aux États-Unis, où les dépenses militaires et les dépenses sociales, liées elles aussi au vieillissement et à la santé, désormais mieux assurée, vont augmenter et alourdir l'énorme facture, encore à venir, des errements bancaires. À cela s'ajoutera une grave crise des États et des collectivités locales, déjà au bord de la faillite. Sans compter le règlement nécessaire des pertes de la Réserve fédérale, qu'il faudra bien couvrir pour qu'elle ne perde pas sa crédibilité.

On peut donc s'attendre à un déficit du budget fédéral américain de 1,6 trillion de dollars en 2010

Le scénario du pire

et d'au moins 1,3 trillion en 2011 (cf. tableau 7). À cette date, la dette publique américaine représentera 400 % des recettes de l'État (autrement dit, quatre années de revenus fiscaux) et 80 % du PIB. En 2012, le gouvernement américain devra rembourser 850 milliards de dollars d'obligations et financer un déficit d'au moins 1 000 milliards de dollars. Et plus encore les années suivantes. Selon les prévisions de l'administration actuelle, le déficit du budget fédéral restera chaque année supérieur à 4 % du PIB, au moins jusqu'en 2019. Selon la BRI, la dette fédérale américaine atteindra 150 % du PIB en 2020. Les charges d'intérêt représenteront, au niveau actuel des taux, 25 % des revenus fiscaux. Il faudra y ajouter les dépenses liées au nouveau programme de santé, évaluées à 16 trillions pour la prochaine décennie. Là encore, si les taux d'intérêt montent et même si le dollar reste la principale monnaie de réserve mondiale, cela ne sera pas supportable.

Inversement, la plupart des pays dits « en développement » se désendettent : en 2010, la dette publique de la Chine a disparu ; celle du Brésil est passée de 68,5 % à 58,8 % du PIB ; celle de l'Inde, de 84,7 % à 78,6 % ; même celle du Mexique est passée de 47,8 % à 44,3 %, et celle de la Russie reste inchangée à 7,2 %. Cette tendance va se poursuivre : dans vingt ans, au rythme actuel, la Chine sera devenue le premier créditeur international, avant même le Japon (cf. tableau 7).

Au total, en 2014, la dette publique pourrait représenter 120 % du PIB des pays les plus riches et toujours 40 % de celui des pays émergents. Le remboursement de cette dette exigera la mobilisation d'une épargne qui n'ira pas vers les particuliers ni vers les entreprises, retardant d'autant le progrès technique, freinant l'investissement concurrentiel, la productivité, le pouvoir d'achat, la consommation privée et les recettes fiscales, obérant en conséquence les possibilités ultérieures de rembourser les dettes publiques.

En 2050, au rythme actuel, le ratio de la dette des pays développés rapportée à leur PIB atteindrait même le chiffre de 250 %. Situation évidemment impossible.

Pourtant, cette tendance est en marche. On ne connaît pas de précédent à un mouvement d'une telle ampleur, d'une telle étendue géographique, d'une telle vitesse. En l'absence d'un véritable mécanisme de restructuration de la dette souveraine, la répudiation, c'est-à-dire le défaut, pourrait devenir le seul recours possible des dirigeants des États autrefois les plus riches pour honorer – au moins provisoirement – les engagements souscrits auprès de leurs électeurs.

Deuxième étape : la faillite de l'euro et la dépression mondiale

Les pays européens, en particulier ceux de l'Eurogroup, ont, en principe, les moyens de résister longtemps à une croissance de la dette souveraine, dans la mesure où les taux d'intérêt sont bas, et l'épargne privée, abondante.

Mais cet état de chose ne sera pas éternel, et les Européens prendront bientôt conscience de la difficulté de l'enjeu. Pour rétablir en Europe, en 2060, un niveau d'endettement public raisonnable, voisin de 60 % du PIB, il faudrait passer d'un déficit structurel de 3,5 % en 2010 à un excédent structurel de 4,5 % en 2020, et le conserver jusqu'en 2030 ! Cela supposerait de réduire les dépenses publiques de 8 % du PIB, soit 20 à 25 % du budget. Cela exigerait de réaliser de l'ordre de 300 milliards d'euros d'économie ou d'augmenter d'autant les impôts (en France, un basculement de l'ordre de 70 milliards d'euros). Perspective quasi impossible. Aucune démocratie ne l'a jamais fait, et les peuples préféreront sans nul doute ne pas acquitter leurs dettes.

Prenant conscience de ce fait, les marchés financiers ne croiront plus les gouvernements européens capables de rétablir leur équilibre. Ils parieront sur un effondrement. D'abord, pronostiqueront-ils, des pays vacilleront ou tomberont, comme on l'a vu récemment dans le cas de l'Islande, en raison des turpitudes de ses banques, et de la Grèce, en raison de ses folies budgétaires. Ils exigeront d'eux des rendements plus élevés pour des prêts qu'ils jugeront plus risqués. D'où un surenchérissement du coût de la dette publique, avec des différences de taux considérables entre les divers pays de l'Eurogroup.

Les pays de l'Eurogroup hésiteront à être solidaires entre eux : pourquoi prêter 20 milliards d'euros à la Grèce, quand on sait qu'elle aura besoin de 150 milliards avant fin 2011, qu'elle ne pourra pas rembourser ? Ne vaut-il pas mieux garder cet argent pour couvrir les pertes à venir des banques européennes, en cas de défaut grec ? Incapables de s'entendre à temps pour aider de façon crédible la Grèce (qui ne représente pourtant que 2 % du PIB de l'Union), puis le Portugal et l'Espagne, les autres pays de l'Union européenne, même les membres les plus solides de l'Eurogroup et la Grande-Bretagne, particulièrement vulnérable, seront attaqués l'un après l'autre.

Malgré les 600 milliards d'euros annoncés à la mi-mai 2010, l'Union passera alors de plus en plus la main au Fonds monétaire international. Cette institution, aujourd'hui encore dominée politiquement et idéologiquement par les États-Unis, ne dispose d'aucune expertise particulière pour gérer l'aide budgétaire massive nécessaire. Elle tentera en vain d'imposer à des pays membres de l'Union européenne une rigueur indispensable, mais qui sera ressentie comme illégitime. À un moment ou à autre, le débat portera sur la responsabilité des banques et leur nationalisation éventuelle. Les pays européens comprendront que, s'étant privés de l'arme illusoire de la dévaluation, il ne leur restera plus que celle, efficace, de la solidarité entre tous ; mais ils ne seront pas prêts à la financer. Les États-Unis et leur allié britannique feront tout pour discréditer l'euro, croyant se sauver du naufrage en noyant leurs voisins.

Pour retarder le défaut, l'Union européenne cherchera tous les expédients. L'inflation, à la fois tant attendue et tant redoutée, jusque-là soigneusement contenue par la globalisation et la dépression ainsi que par l'action de la BCE, se déclenchera et réduira la valeur de la dette et, avec elle, celle des patrimoines financiers et des revenus fixes. Les épargnants européens ayant financé la dette publique seront ruinés et, avec eux, les détenteurs d'un patrimoine financier, de quelque nature et de quelque montant qu'il soit. Si elle n'est pas soigneusement maîtrisée par une hausse des taux d'intérêt, l'inflation explosera. Mais, si les taux d'intérêt grimpent, la dette sera encore moins finançable…

Face à cette situation, dans ce scénario du pire, en l'absence d'une réelle solidarité budgétaire entre pays membres de l'Eurogroup, les pays les plus en difficulté, à commencer par la Grèce, feront défaut, pénalisant sévèrement les banques prêteuses. Ce défaut ne suffira pas à enrayer la crise. Certains de ces pays sortiront, au moins provisoirement, de la zone euro pour modifier leur parité, passer par un choc déflationniste majeur et réduire leurs importations. Cela dévalorisera la valeur de leurs bons du Trésor et fragilisera très dangereusement les banques qui les auront financés. À moins que cela ne soit les pays les plus stables financièrement – l'Allemagne et les Pays-Bas – qui demandent à sortir de l'euro, qu'ils vivront comme un poids accroché à leur cou.

L'existence même de l'euro sera ainsi remise en cause par le refus des pays les plus vertueux de lier leur monnaie au destin des plus laxistes. L'autorisation accordée, dans la plus grande discrétion, à quelques banques centrales de l'Union de recevoir en dépôt des titres librement choisis par chacune d'elles constitue la préfiguration d'un retour à des banques centrales indépendantes, d'une fin de l'euro.

Il en découlera un regain du protectionnisme, une remise en cause de tous les acquis de l'Union européenne et une très profonde dépression, étendue à tout le continent. Les démocraties européennes n'en sortiront pas indemnes.

Troisième étape :
faillite du dollar et retour de l'inflation mondiale

Obligés eux aussi d'émettre de plus en plus de papier pour financer leur dette souveraine, les États-Unis seront heureux de voir ainsi s'affaiblir, puis disparaître, un concurrent du dollar dont ils se seront employés méthodiquement à saper la crédibilité. Puis ils se rendront compte qu'ils pourraient fort bien être la prochaine victime de la crise de confiance dans les emprunteurs souverains.

Pourtant, les États-Unis semblent pouvoir rester, pour très longtemps encore, des emprunteurs insouciants. Après tout, ils sont la première économie du monde, ils disposent de la première armée, du plus grand rassemblement de chercheurs, et leur monnaie reste utilisée pour plus des trois quarts des échanges planétaires et des réserves mondiales. De plus, ils sont capables, s'ils le veulent, d'épargner de quoi se financer.

Mais la récession puis la crise sévissant en Europe ralentiront la croissance américaine, ce qui y entraînera un effondrement des recettes fiscales et une hausse des dépenses. La dette publique américaine (qui dépasse déjà officiellement les 11 trillions de dollars) augmentera alors de façon vertigineuse. Le financement du marché immobilier reposera totalement sur le souverain, par une prorogation de la garantie donnée par l'État fédéral à Fannie Mae et Freddie Mac, c'est-à-dire par la nationalisation de l'ensemble du crédit immobilier aux États-Unis. Le dollar se dépréciera alors face à des monnaies considérées aujourd'hui comme exotiques (chinoise, russe, indienne et brésilienne), et surtout face à l'or et aux matières premières. On découvrira l'immensité des actifs douteux rachetés par la Banque centrale pour financer le système bancaire en crise. Les bons du Trésor américain perdront, même dans ce scénario du pire, leur notation AAA.

Pendant un certain laps de temps, les banques centrales des pays d'Asie et les fonds souverains, qui détiennent des bons du Trésor américain, auront encore intérêt à ne pas laisser s'effondrer le cours du dollar, et ils achèteront des bons de Trésor américain à des taux un peu plus élevés. Puis les prêteurs se feront plus rares ; la Fed devra augmenter encore les taux d'intérêt des bons du Trésor pour obtenir des capitaux. Cette augmentation finira par peser lourd sur les finances publiques américaines. Une augmentation de 2 points des taux d'intérêt ferait passer la charge de la dette au-delà de 40 % des revenus fiscaux, seul ratio sérieux annonçant aux créanciers l'imminence d'une crise majeure de la dette publique.

Pour réduire celle-ci, les États-Unis devront alors, dans ce scénario du pire, se décider enfin à augmenter les impôts et à réduire leurs dépenses publiques, ce qui torpillera ce qu'il reste d'espoir de retour à la croissance, comme ce fut déjà le cas en 1936, quand Morgenthau imposa à Roosevelt de renoncer au laxisme budgétaire des premières années de son mandat.

Le président américain, quel qu'il sera, choisira alors sans doute l'inflation pour éviter la dépression – un recours récurrent dans l'histoire américaine : une inflation de 6 % sur cinq ans peut réduire le ratio dette/PIB de 20 points. Il acceptera même, en toute dernière extrémité, l'émission et la distribution de sommes distribuées dans la monnaie du Fonds monétaire international, le DTS (Droit de tirage spécial). Ce qui reviendra à faire fonctionner une nouvelle planche à billets, émettant une monnaie de plus, laquelle complétera la panoplie des financements imaginaires des déficits publics, eux, bien réels.

S'il ne se reprend pas, comme il l'a fait si souvent dans son histoire, l'État américain sera ruiné par l'inflation. Le dollar ne tiendra plus que par le bon plaisir de Pékin. La crise financière apparaîtra alors comme une étape majeure dans l'accélération de la perte de confiance du monde dans l'Occident et dans le basculement du « cœur » du monde vers l'Asie.

Quatrième étape :
dépression et effondrement de l'Asie

Comme les États-Unis et l'Europe avant eux, les Chinois croiront avoir intérêt à la faillite de leurs rivaux. Ils feront donc tout pour discréditer tour à tour l'euro, puis le dollar. Puis ils comprendront que, si les créances américaines s'effondrent, ils se retrouveront dans la même situation que l'Allemagne il y a quarante ans, lorsque l'inflation réduisit à peau de chagrin ses créances sur l'Amérique.

Puis ils hésiteront de plus en plus à placer leurs réserves en dollars. Ils craindront de voir leurs actifs à l'étranger se dévaloriser, leurs exportations se tarir, et ils n'auront plus assez de ressources pour financer à la fois les déficits occidentaux et leurs propres investissements en infrastructures physiques et sociales, comme le système des retraites. La Chine réorientera alors son épargne et son industrie vers son marché intérieur. Avec les Japonais et les fonds souverains (qui disposent au total d'environ 6 trillions de dollars en 2010), ils achèteront à bas prix, en dollars dévalués, les principaux actifs américains et européens dans un paysage économique, social et politique dévasté.

Cela n'empêchera pas pour autant la dépression de s'étendre à l'économie de toute la planète et d'immenses troubles de survenir en Asie, où la stabilité politique exige une très forte croissance. Le créancier sera, une fois de plus, la victime du débiteur.

En fait, ce scenario épouvantable n'est pas le pire qui puisse se concevoir. On peut en imaginer d'autres en inversant l'ordre des faillites entre l'euro, la livre et le dollar, ou en passant par l'étape de la guerre, comme ce fut si souvent le cas dans l'histoire de la dette publique. Il constitue en tout cas la description, à grands traits et sans doute à peine exagérée, d'un rite de passage nécessaire avant que l'Asie ne reprenne toute sa place face à l'Occident.

Chapitre 7

Le juste niveau de la « bonne » dette

La dette publique doit-elle être entièrement bannie ? Sinon, que peut-elle financer, et quel doit être son niveau optimal ?

En 1820, trois ans après avoir achevé son œuvre maîtresse, *Des principes de l'économie politique et de l'impôt*, le grand économiste anglais David Ricardo, dans son *Essay on the Funding System*, tente de répondre à ces questions. Il démontre qu'une dette souveraine a le même impact qu'un impôt. Il explique en effet qu'un souverain peut financer une guerre coûtant 20 millions de livres indifféremment par l'impôt ou l'emprunt. Une taxe de 20 millions de livres perçue en une seule fois rapporte en effet autant, par exemple (si le taux d'intérêt est de 5 %), qu'une taxe annuelle de 1,2 million de livres perçue pendant quarante-cinq ans ou qu'une taxe perpétuelle de 1 million de livres par année. Pour lui, le financement des biens publics, quels qu'ils soient, peut donc se faire de l'une ou l'autre manière : dans le premier cas, celui du financement par l'impôt, les consommateurs réduisent leur consommation privée pour payer la taxe ; dans le second cas, celui du financement par l'emprunt, ils réduisent du même montant leur consommation privée pour épargner, car ils anticipent des impôts futurs.

Si Ricardo a raison, et si une telle équivalence est vérifiée, il n'y a pas de raison de débattre sur la nature et le niveau de la dette publique : puisque la dette est équivalente à l'impôt, seule compte la part des dépenses publiques dans la richesse nationale, non la nature de leur financement.

Cette question est essentielle : pour certains, si la part des dépenses publiques augmente trop, cela exige d'y consacrer une part excessive des ressources et diminue la part disponible pour l'investissement privé. Pour d'autres, au contraire, les dépenses publiques ne sont qu'une forme particulière de la demande adressée à l'appareil productif, et sa seule limite est la part que les citoyens entendent conserver pour leur consommation privée. De plus, l'efficacité des dépenses publiques ne dépend pas que de leur montant.

En fait, l'expérience nous apprend que, en dehors de la question de la part des dépenses publiques, le mode de leur financement n'est pas neutre : d'abord parce que la théorie de Ricardo suppose – léger détail ! – l'immortalité des contribuables ; ensuite parce que l'évolution des taux d'intérêt peut conduire à ne pas pouvoir financer une augmentation excessive de la dette publique, et non pas seulement de la dépense publique.

Le juste niveau de la « bonne » dette 143

Mais qu'est-ce qu'une augmentation « excessive » de la dette publique ? Nul ne sait. Rares, en effet, sont les domaines de l'économie où la théorie soit demeurée aussi pauvre : on ne sait pas distinguer, par exemple, en théorie comme en comptabilité, la dette qui finance le fonctionnement du souverain de celle qui finance l'augmentation de la valeur du patrimoine de la collectivité. On ne dispose d'aucune mesure sérieuse des actifs et des passifs du souverain, ni de ceux de la nation. On ne sait rien non plus de la rentabilité financière, économique et sociale de l'investissement public, dont on n'a d'ailleurs aucune définition claire ; ni du lien entre la dette et la valeur du patrimoine de la collectivité. On ne sait rien non plus des relations de causalité entre croissance, déficit et maturité de la dette, malgré les millions de pages de littérature économique sur le sujet. Enfin, faute de mesures crédibles, aucune vérification empirique d'aucune théorie (s'il en existait une) n'est possible.

On se contente donc en général de mesurer des ratios rapportant la dette et le déficit au PIB (comme on l'a souvent fait dans les chapitres précédents, à défaut d'autres statistiques disponibles), ce qui peut frapper les imaginations, mais n'a pas beaucoup de pertinence.

Il faut pourtant tenter, en se fondant sur le bon sens et l'Histoire, de se faire une idée de la nature de la « bonne » dette et de son juste niveau.

La nature de la bonne dette

L'État souverain est en principe immortel ; le problème apparent de sa dette n'est donc pas celui de son remboursement, mais de sa supportabilité.

Cependant, un emprunt n'est « bon » que s'il est rationnellement utile, c'est-à-dire s'il rapporte plus de bénéfices que sa charge. Un « bon » emprunt public est celui dont l'usage augmente l'actif net du pays et peut ainsi permettre à l'État de le rembourser. Cela suppose que l'emprunt finance des investissements matériels rentables, au moins à très long terme, c'est-à-dire des infrastructures publiques (éducation, santé, transports, équipements collectifs) ou des investissements immatériels (amélioration de la compétence de la population active, du niveau de la recherche, du niveau de la sécurité militaire et civile).

Dans certains cas, la rentabilité de l'investissement public est mesurable parce qu'on peut y affecter des recettes et des dépenses, comme c'est le cas pour les infrastructures de transport. Dans d'autres cas, elle ne l'est pas, comme pour la sécurité, la santé ou l'éducation. L'emprunt contracté pour le financer n'en est pas moins « bon » ; mais il est alors beaucoup plus malaisé de le comparer à l'usage alternatif des mêmes ressources dans le secteur concurrentiel.

La dette publique est « mauvaise » si elle finance des dépenses de fonctionnement du souverain, et plus encore si elle finance des dépenses de fonctionnement ou d'investissement inutiles, sources de gaspillage. Elle est aussi « mauvaise » lorsqu'elle fait financer par les générations suivantes des dépenses liées aux générations actuelles, comme les retraites et la réparation des dommages environnementaux que celles-ci ont provoqués. Enfin, la dette est « mauvaise » quand elle vise à rembourser les intérêts d'un stock de dettes. À l'extrême, une dette est particulièrement « mauvaise » si elle finance les moyens de survie d'une dictature, ou si elle ne sert que les intérêts des créanciers ; elle est alors dite « odieuse ». D'après certains calculs, cette dette « odieuse » a représenté en 2006 plus de 750 milliards de dollars pour 13 pays (Indonésie, Argentine, Nigeria, Philippines, Pakistan, Pérou, Soudan, Afrique du Sud, République démocratique du Congo, Nicaragua, Ghana, Malawi et Haïti). Prenant acte de cette définition, la Norvège a annulé de son propre chef, en octobre 2006, 80 millions de dollars de ses propres créances souveraines dues par cinq pays (Équateur, Égypte, Jamaïque, Pérou et Sierra Leone), en admettant partager la responsabilité de la naissance de cette dette pour satisfaire les besoins d'exportateurs de produits norvégiens.

Une fois définie la « bonne » dette, il convient de la cantonner dans chaque pays dans un budget spécifique, un *Fonds national d'investissement*, en y regroupant, en dépenses, les investissements ayant un impact sur l'avenir, et en recettes les revenus de ces investissements (lorsqu'ils sont identifiables) et les impôts nécessaires pour couvrir les emprunts contractés pour leur financement. La croissance de la bonne dette est alors la condition de la disparition de la mauvaise.

Un autre budget spécifique, qu'on pourrait nommer *Fonds national de réparation*, doit recueillir l'épargne nécessaire pour couvrir les créances des générations futures sur les générations présentes. En particulier, les retraites et les dommages causés à l'environnement doivent être financés par des fonds spéciaux en guise d'indemnisation anticipée des générations à venir.

Comme on esquisse ici une théorie de la « bonne » dette, sans doute faut-il aussi esquisser une théorie de la « bonne » créance : elle est réputée bonne si elle traduit la capacité concurrentielle d'un pays ; elle est réputée mauvaise si elle signifie une stérilisation des ressources et leur détournement des besoins de la population. Une créance est « bonne » si elle crée les moyens d'une demande adressée au monde ; elle est « mauvaise » si elle est thésaurisée.

Le juste niveau de la bonne dette

Une fois écartées les « mauvaises » dettes, qui doivent être remboursées par priorité, il reste à mesurer le juste niveau de la « bonne » dette. Là encore, la théorie économique est totalement défaillante : faut-il le mesurer en montant absolu ? en valeur relative ? mais en valeur relative par rapport à quoi ?

Le juste niveau de la « bonne » dette

Mesurer, comme on le fait traditionnellement, et comme on l'a fait ici, la dette et le déficit en pourcentages du PIB permet de se faire une idée de leur ampleur, mais n'apporte aucune comparaison utile à l'évaluation du juste niveau : la dette est un stock et doit donc être comparée à un stock ; le déficit est un flux qui n'a pas de sens en soi, mais vient s'ajouter à la dette ; le service de la dette est lui aussi un flux, qui doit être comparé au flux des recettes supposé le couvrir.

La dette doit donc d'abord être comparée à la valeur des actifs du souverain (ressources minières et maritimes, terres agricoles, bâtiments administratifs, potentiel industriel, épargne accumulée, patrimoine culturel) et elle doit rester inférieure à la valeur de ceux de ces actifs pouvant servir à la rembourser. Plus l'actif est élevé, plus l'est aussi le juste niveau de la « bonne » dette. L'Italie, par exemple, avec son patrimoine culturel (source de savoir dont l'humanité bénéficie sans le comptabiliser ni le payer), dont une partie appartient à l'État, peut, en principe, se permettre davantage de dettes souveraines que l'Ukraine ; la Norvège, dont les réserves pétrolières sont considérables, peut aussi se permettre plus de dettes que la Finlande.

Encore faudrait-il savoir si ces actifs sont valorisables et cessibles, ce qui est rarement le cas (la France pourrait-elle vendre ses sous-marins nucléaires lanceurs d'engins ?), et établir le lien entre dépenses publiques et évolution de la valeur des actifs. Sur ce sujet comme sur bien d'autres, il n'existe aucune théorie, aucune comptabilité, aucune mesure. C'est pourquoi on se contente en général de proposer des mesures du juste niveau de la « bonne » dette limitées aux ratios dont on sait estimer la grandeur.

Dans le traité de Maastricht, l'Union européenne fixe à 60 % du PIB la limite maximale du juste niveau de la « bonne » dette. Ce niveau est psychologique et ne correspond à aucun raisonnement théorique. L'Union calcule l'ajustement budgétaire nécessaire pour que la dette réelle reste inférieure à long terme à ce seuil psychologique (60 % du PIB) en établissant deux « indices de supportabilité » : S1 et S2. S1 mesure l'ajustement du déficit primaire nécessaire pour que la dette ne dépasse pas 60 % du PIB en 2060. S2 mesure le même ajustement pour le même objectif à un horizon indéfini. S1 et S2 dépendent du niveau de la dette, de sa structure et de la démographie. S1 et S2 peuvent être atteints par des économies budgétaires ou des hausses d'impôts. La valeur actuelle de S1 pour l'Union est de 6 points. Autrement dit, il faut 6 points de PIB de hausse d'impôt ou d'économies budgétaires. Par ailleurs, d'après quelques rares études empiriques disponibles, si ce ratio de 60 % vient à être dépassé, prêteurs et consommateurs feront montre d'une plus grande prudence : plus précisément, certaines études donnent à penser que plus la dette publique tend à franchir la barre des 90 % du PIB, plus la croissance potentielle baisse.

D'autres mesures, plus utiles, du juste niveau de la « bonne » dette ont été proposées (cf. tableau 2).

Le juste niveau de la « bonne » dette 149

Pour le FMI, par exemple, la « bonne » dette de l'emprunteur souverain ne doit pas dépasser la valeur actualisée des futurs surplus primaires de son budget (c'est-à-dire avant paiement du service de la dette). Si un pays réussit à faire croître le surplus primaire de son budget plus vite que sa dette, la valeur actualisée de ses surplus primaires sera toujours supérieure à celle de sa dette. Pour y parvenir, le coût du service de la dette doit rester inférieur au surplus primaire. Ce critère est intéressant : des études expérimentales montrent en effet que, pour que la dette n'augmente pas, le surplus primaire doit atteindre 3 % du PIB quand la dette atteint 50 % du PIB ; et 8 % si la dette vient à atteindre 100 % du PIB. On en est fort loin en France, comme dans les autres grands pays.

Un autre critère intéressant est la mise en rapport du service de la dette et des recettes budgétaires. Le dépassement d'un seuil de 50 % semble susceptible de déclencher une crise. Dès que le service de la dette atteint le tiers des recettes fiscales, le risque inhérent à une hausse éventuelle des taux d'intérêt devient énorme. Il le dépasse en Grèce.

D'autres critères sont aussi utiles : les clignotants doivent s'allumer, par exemple, quand la dette publique dépasse deux fois les exportations et trois fois les revenus fiscaux.

Le juste niveau de la « bonne » dette doit donc anticiper une hausse des taux d'intérêt : par exemple, leur augmentation de 2 points ferait passer la charge de la dette souveraine américaine au-delà de 50 % des revenus fiscaux, niveau qui serait insupportable.

Selon d'autres modèles, le juste niveau de la « bonne » dette dépend du niveau de la dette que l'on veut stabiliser, de la différence entre taux d'intérêt et taux de croissance de l'économie, et de la vitesse d'ajustement du surplus primaire. Si le taux d'intérêt payé sur la dette est supérieur au taux de croissance du PIB, la part de la dette augmente, même sans déficit nouveau. Il dépend enfin également de la capacité à lever l'impôt : si la hausse des impôts devient excessive, le risque est grand de voir s'effondrer la compétitivité et le taux d'épargne, et d'être obligé de financer la dérive de la dette par un emprunt souscrit à l'étranger, lui-même de plus en plus difficile à lever.

Le déficit est un flux de dépenses publiques et doit donc être comparé à un autre flux. Pour le FMI, le juste niveau du « bon » déficit est le rapport entre le surplus primaire et la différence entre taux d'intérêt et taux de croissance. L'Union européenne fixe le déficit optimal à 3 % du PIB, estimant que tel est aussi le montant des investissements publics. Naturellement, le montant du déficit optimal dépend du surplus primaire et du montant des dettes déjà accumulées.

Au total, nul ne peut donc affirmer qu'il existe un niveau idéal des déficits et des dettes. L'Histoire montre même que les marchés financent aisément des niveaux de dettes beaucoup plus élevés que ceux prévus par toutes les doctrines ; et que des pays se

Le juste niveau de la « bonne » dette 151

portent relativement bien avec une dette égale à 250 % de leur PIB, alors que, à l'inverse, d'autres font défaut avec une dette souveraine de l'ordre de 20 % de leur PIB. Il ne faut donc pas dramatiser à partir de ratios simplistes, ni se rassurer parce que d'autres font pire.

Plus le financement est fait par l'épargne externe et en devises étrangères, plus le taux d'intérêt est sensible à la capacité de remboursement. Plus le surplus primaire est faible, plus la crise est probable. Le Japon, avec ses faibles taux d'intérêt, peut se permettre plus de dettes que la Grèce, en qui les marchés n'ont pas confiance.

Le juste niveau de la « bonne » dette, celui qui maintient la liquidité et la solvabilité du souverain, est donc une notion d'ordre presque purement politique. Il dépend de la confiance des prêteurs, de la coordination de leurs attentes, de la capacité politique du pays à tenir parole, de son taux de croissance, des taux d'intérêt en vigueur, de sa démographie, de son taux d'épargne, du surplus primaire, de la valeur de ses actifs, de sa capacité à emprunter dans sa propre monnaie, de son appartenance à une zone monétaire, de son histoire et de la capacité de son gouvernement à faire des économies et à lever l'impôt. D'autres facteurs sont à prendre en compte. Par exemple, plus la maturité moyenne des emprunts est courte, plus le problème de surendettement a tôt fait de se poser. Et plus la crise s'approche, moins les prêteurs sont disposés à prêter à long terme.

Là plus qu'ailleurs, l'économie n'est à l'évidence qu'une science politique. Il est certain en tout cas que nous sommes entrés dans une zone dangereuse où le souverain et le marché s'observent, en se demandant lequel des deux va tirer le premier.

Chapitre 8

La France souveraine

Comment réagirait un investisseur privé à qui l'on demanderait d'investir dans une entreprise dont la dette représenterait plus de cinq années du chiffre d'affaires, dont les pertes annuelles seraient supérieures à la moitié du chiffre d'affaires, et dont les emprunts annuels dépasseraient le chiffre d'affaires ? Il fuirait. Telles sont pourtant les caractéristiques de la France d'aujourd'hui. Même si la France est sans doute éternelle et même si elle n'est pas censée obéir aux mêmes règles que les personnes privées, le poids de sa dette est infiniment lourd.

Ce n'est pas nouveau. La France est habituée aux déboires liés à la dette souveraine : elle a déjà fait défaut à six reprises. Et même si elle n'a pas fait faillite depuis 1797 – date de la banqueroute des « deux tiers », consécutive à l'agonie financière de l'Ancien Régime –, elle n'a pas échappé depuis lors à l'inflation, aux dévaluations, aux programmes d'austérité, aux crises politiques et même aux coups d'État, principales manifestations des crises de dettes publiques. Même si elle n'a plus fait défaut sur une partie de sa dette extérieure depuis 1934, au cœur de la Grande Crise, elle reste extraordinairement sensible aux moindres perturbations planétaires. Même si, depuis 1995, l'euro la protège en principe de toute dévaluation, de toute crise de ses finances extérieures et des conséquences externes de ses déficits internes, les finances de l'État, celles des systèmes sociaux et des collectivités locales, sont de moins en moins maîtrisées ; leur dégradation, qui s'est brutalement accélérée depuis 2008, fait peser des menaces croissantes sur la prospérité des générations futures.

Si la tendance actuelle n'est pas rapidement inversée, une crise majeure s'annonce en effet : l'État français pourrait se révéler un jour – plus proche qu'on ne croit – incapable de financer le fonctionnement normal de ses services publics les plus fondamentaux : écoles, hôpitaux, armée, police, ainsi que le paiement des retraites. Il en irait de même pour bien des institutions sociales et des collectivités territoriales, elles aussi surendettées. Une faillite ou un rééchelonnement de la dette souveraine est même possible ; elle ne serait pas que théorique : elle signifierait concrètement la ruine plus ou moins complète de nombre de contribuables, salariés, retraités et propriétaires.

Une telle crise paraît même inéluctable, à moins de mesures d'économie drastiques ou d'une augmentation massive des impôts et des cotisations sociales, ou encore d'une inflation importante – choses fort pénibles –, voire d'un miraculeux retour à une croissance élevée, hypothèse heureuse mais bien peu vraisemblable, ou, enfin, d'une refonte radicale de l'organisation de ce pays, laquelle paraît encore moins probable.

Les réflexions qui suivent concernent la France. Pour l'essentiel, elles s'appliqueraient tout aussi bien à la plupart des autres pays développés, y compris aux États-Unis ou au Japon, en les modifiant à peine pour tenir compte des particularités de chaque modèle de développement, de chaque culture, de chaque situation démographique, de chaque système politique et du statut de chaque devise.

L'état de la dette publique

La dette souveraine réapparue en France à partir de 1980 et surtout de 1993 (cf. tableau 12) a connu une très forte croissance depuis la crise financière de 2008. Elle s'inscrit dans un contexte délétère pour l'économie de ce pays : alors que la croissance mondiale annuelle dépasse les 4 %, celle de la France peine à atteindre 1 %. La croissance par tête d'habitant ne cesse de ralentir depuis 2002, n'atteignant plus que 0,6 % par an contre 2,4 % aux États-Unis et 2 % pour l'ensemble du globe. Le chômage est encore le double de ce qu'il est dans nombre d'autres pays européens. La France, qui était encore en 1980 la quatrième puissance mondiale en termes de PIB (derrière les États-

Unis, le Japon et l'Allemagne) et la treizième en PIB par tête d'habitant, n'est plus aujourd'hui que la sixième en PIB et la trente-neuvième en PIB par habitant (elle était encore la dix-neuvième en 2006).

En France, depuis un siècle, la part des prélèvements obligatoires dans le PIB a triplé, celle des dépenses publiques a quadruplé (cf. tableau 15). Depuis quinze ans, comme dans la plupart des pays européens, les dépenses publiques augmentent chez nous implacablement, d'au moins un point par an, soit bien plus vite que les recettes. De 1996 à 2008, les dépenses de l'État ont augmenté de 35 %, celles de la Sécurité sociale de 61 %, celles des collectivités locales de 78 % (cf. tableau 16). Aujourd'hui, 17 % du PIB sont consacrés aux dépenses de l'État ; près de la moitié (45 %) à la protection sociale (cf. tableau 17) ; 20 % aux dépenses des collectivités territoriales ; l'investissement public représente 18 % du PIB ; les recettes fiscales et sociales représentent 45 % du PIB, et les dépenses, 55 % : l'écart, c'est le déficit.

Selon certains, ce n'est pas grave : le service de la dette est, avec 5 %, le plus petit poste du budget. Mais il peut exploser avec la montée des taux, et il faut regarder le déficit en face : le déficit primaire est de 6 % du PIB ; la charge d'intérêt de 3 % du PIB ; le déficit public atteint 173 milliards d'euros (contre 40 en 2007), soit 9 % du PIB, 55 % des recettes fiscales et près de 20 % des prélèvements obligatoires (cf. tableau 12). La seule charge des intérêts de la dette de l'État est passée de 39 milliards d'euros en 2006 à 45 milliards en 2008 et autant en 2010, la baisse des taux d'intérêt mondiaux ayant contribué à la stabiliser (cf. tableau 14). La crise de 2008 a provoqué une augmentation très importante de la dette publique. Le déficit public a progressé de 3,3 % en 2008 à 7,5 % en 2009. La dette publique s'est établie à 78,1 % du PIB en 2009, une hausse de 10 points. Cet accroissement de la dette pourrait être interprété comme un transfert du secteur privé vers le public. Elle est la conséquence du rôle de prêteur en dernier ressort assumé par l'État, et de ses efforts budgétaires pour soutenir la demande dans un contexte de crise. Aujourd'hui le montant des emprunts annuels est d'environ 130 % des revenus fiscaux et de 160 % des dépenses souveraines !

Aucun ménage, aucune entreprise ne survirait s'ils devaient négocier ainsi chaque année des emprunts d'un montant égal à quinze mois de leurs revenus et à vingt mois de leurs dépenses.

Depuis 1980, la dette publique a été multipliée par cinq. Elle est passée des deux cinquièmes aux quatre cinquièmes du PIB et à plus de cinq fois les revenus fiscaux. En 2010, elle atteint 1 700 milliards d'euros (cf. tableau 13). Aujourd'hui, chaque Français, parce qu'il est le souverain, doit aux créanciers du pays – dont la moitié se trouve à l'étranger – neuf mois de ses revenus ; il devra la rembourser par ses impôts, par une baisse de la qualité des services publics ou par une baisse de son pouvoir d'achat. S'il est le seul à gagner sa vie dans une famille de quatre personnes, il aura même à rembourser, par ses impôts ou par la baisse de son niveau de vie, l'équivalent de trois ans de ses revenus, en sus de son endettement personnel, et davantage encore si la répartition du fardeau fiscal n'est pas proportionnelle au revenu.

Pour l'instant, l'État français finance ces emprunts à moitié par son épargne privée et par un peu de l'épargne extérieure. Il est même devenu en 2010 le premier emprunteur d'Europe, avec 454 milliards d'euros, devant l'Italie (393 milliards), l'Allemagne (386 milliards) et le Royaume-Uni (279 milliards) (cf. tableau 14).

À cette dette souveraine de 1 700 milliards d'euros s'ajoutent d'autres engagements de l'État (dont les retraites des fonctionnaires) pour plus de 1 000 milliards, ce qui fait un total d'au moins 2 700 milliards d'euros.

D'ores et déjà, pour retrouver un niveau d'endettement plus raisonnable, les économies nécessaires seraient d'un ordre de grandeur gigantesque : dans l'hypothèse, très modérée, où l'on souhaiterait seulement ramener la dette publique à 60 % du PIB en 2060, il faudrait recouvrer, par des recettes et des mesures d'économie, au moins 3,5 points de PIB d'ici à 2012 et, si on tarde plus, 5,6 points de PIB d'ici à 2020 (soit 3,8 points pour maîtriser le budget, et 1,8 point pour financer les charges liées à l'allongement de la durée de vie). Il faudrait en fait bien davantage encore, en raison de toutes les obligations nouvelles liées au vieillissement, en matière de santé, de retraites et de dépendance.

Et c'est compter sans les dépenses publiques supplémentaires que pourraient imposer de nouvelles faillites bancaires ou une dépression provoquée par la chute de certains pays membres de l'Eurogroup, telles que décrites précédemment dans le « scénario du pire ».

La dette à venir

En 2012, si rien n'est fait (et bien peu est possible en l'espace de deux ans), la dette publique dépassera les 90 % du PIB ; elle atteindra, selon les estimations de la Commission européenne, 122,4 % du PIB en 2020. Au-delà de cette date, si la dette souveraine continue ensuite à croître au rythme actuel, et sans même qu'intervienne aucune hausse des taux d'intérêt ou aucune autre crise financière, la dette atteindra, selon certains, 200 % du PIB en 2030, 300 % en 2040 et près de 400 % en 2050. Les plus optimistes parlent de 122 % en 2020 et 177 % en 2030, alors que la moyenne européenne sera de 140 % en 2030. Chiffres vertigineux, insupportables financièrement, économiquement, socialement, politiquement.

Dans toutes les hypothèses, même dans les plus optimistes, dès 2015 il manquera chaque année plusieurs dizaines de milliards d'euros pour payer les retraites et les dépenses d'assurance-maladie telles qu'elles sont définies aujourd'hui. Et autant manquera pour servir les intérêts de la dette. La France connaîtra un réel problème de financement du souverain. Peut-être choisira-t-elle alors de maintenir ses prestations plutôt que de rembourser ses dettes. Elle demandera, ou imposera, un moratoire.

Au total, si un coup d'arrêt n'est pas donné en France, dès 2011, à la montée de la dette publique, le prochain président de la République ne pourra rien faire d'autre, pendant tout son mandat, que mener une politique d'austérité ou déclarer un moratoire sur cette dette. Dans les deux cas, la prochaine décennie sera tout entière consacrée à subir les conséquences des impérities de celle qui s'achève.

La crise de solvabilité à venir

Quel peut être, dans le cas de la France, le déroulement d'un « scénario du pire » ? Dans quelques années, au plus tard, ravies d'échapper à leurs propres responsabilités dans la crise financière actuelle, les agences de notation, analysant ces prévisions et étudiant ces données, en particulier la part des recettes fiscales consacrée au remboursement de la dette, prendront peur et dégraderont la note de la France comme elles l'ont déjà fait pour la Grèce, le Portugal et l'Espagne. L'État français devra alors rémunérer plus cher le service de sa dette. La tournure des événements deviendra dès lors très sérieuse. Un point de hausse des taux d'intérêt, ce sera près de 15 milliards d'euros de service de la dette en plus. Il faudra alors s'endetter non plus seulement pour rembourser sa dette, mais pour payer les intérêts sur les intérêts. Le piège enserrera la France comme la corde autour du cou d'un pendu.

Le souverain français n'aura dès lors plus les moyens d'assumer l'intégralité des dépenses de fonctionnement des grands services publics – santé, éducation, défense, police – ni celles des retraites. Le financement des investissements nécessaires pour mettre à niveau l'infrastructure urbaine, les universités, les réseaux numériques, les économies d'énergie, sera introuvable. L'État n'aura plus les moyens de maintenir à niveau ses moyens militaires ni sa diplomatie.

L'Union européenne, la Banque centrale européenne et le Fonds monétaire international exigeront de la France qu'elle réduise drastiquement ses dépenses publiques et ses prestations sociales, qu'elle brade des actifs, qu'elle double l'impôt sur le revenu ou la TVA. Ils lui demanderont de remettre en cause le rôle d'assureur du souverain, c'est-à-dire de démanteler son mode de protection sociale par un système de franchises et de tickets modérateurs, d'allonger la durée des cotisations-retraite, et de réduire leurs clauses d'indexation – entre autres remises en cause de son modèle social.

Si la France refuse, ou si elle n'y parvient pas, elle devra en toute humiliation négocier un rééchelonnement de sa dette publique. Si elle accepte, il en découlera une baisse du pouvoir d'achat, une forte récession, une aggravation du chômage, la baisse significative du niveau de vie, entraînant à son tour la précarisation des classes moyennes et l'aggravation des inégalités. L'innovation diminuera, ce qui engendrera une baisse de la productivité et donc, à terme, une baisse de la production et des revenus, laquelle rendra plus difficile encore le remboursement de la dette.

On acceptera alors le retour de l'inflation, ce qui réduira provisoirement le poids de la dette, mais conduira à une hausse du coût de son service, et donc, là encore, à augmenter à terme les impôts.

Les travailleurs de demain renverront à leurs responsabilités les retraités du moment, qui auront été les travailleurs d'aujourd'hui. Ils refuseront de financer des retraites que leurs bénéficiaires n'auront pas préparées. Par leur imprévoyance et leur lâcheté, malgré leur ruse, les travailleurs d'aujourd'hui seront donc les victimes du déclin qu'ils n'auront su éviter. Une guerre commencera entre les générations.

Nos institutions n'y résisteront pas. On maudira la classe politique qui, pour n'avoir pas pris le risque d'une impopularité provisoire, aura reculé pendant des décennies devant les réformes difficiles. Les Français qui auront refusé de subir – et surtout de financer – un tel destin partiront vivre chez un des maîtres de l'avenir. D'aucuns, en France, parleront alors de sortir de la zone euro, ce qui se révélera matériellement impossible. D'autres – ou les mêmes – proposeront de se dégager de l'Union européenne, ce qui l'est plus encore. De nouveaux partis politiques surgiront et remplaceront ceux dont la faillite sera prononcée, à droite comme à gauche. D'autres, enfin, en arriveront à mépriser la démocratie, parce qu'elle aura servi de tremplin à trop de gouvernants démagogues.

Il s'agit là assurément du scénario du pire. Si rien n'est fait, il se réalisera dans les quinze prochaines années. Quand ? Nul ne le sait.

En 2025, la Ve République aura duré plus longtemps que tout autre régime démocratique instauré antérieurement en France. S'il n'agit pas d'ici là, le pays sera irréversiblement entraîné dans une crispation identitaire, et il s'effacera, comme tant d'autres nations dominantes avant lui et comme lui, convaincues de la pérennité de leur grandeur.

Pendant quelques années encore, il est possible d'éviter ces désastres et de tirer notre épingle du jeu. Il faut faire vite : plus le temps passe, plus la dette souveraine grossit, moins la politique aura les moyens d'influer sur le réel. Il est indispensable de commencer dès cette année ; en tout cas avant la prochaine élection présidentielle.

Je n'entends pas détailler ici les réformes qui s'imposent, seulement énoncer les principes qui devraient à mon sens les inspirer, afin d'en montrer l'ampleur nécessaire et de prendre part au débat qui doit absolument commencer.

Rendre à l'avenir ce qu'on lui a pris

Les générations actuellement au pouvoir devront d'abord avoir le courage de faire le bilan de ce qu'elles auront laissé aux suivantes. Elles devront donc calculer la valeur réelle de la totalité de leurs dettes, qu'elles soient économiques, financières, environnementales ou sociales. Elles devront les comparer à leurs actifs. Cette phase pédagogique, fondamentalement politique, sera essentielle pour créer un consensus autour des réformes nécessaires. Elle n'est pas trop difficile à mener à bien : les principaux chiffres sont connus et résumés plus haut.

Avant toute mesure d'économie, il faudra d'abord réduire les risques de nouvelles dépenses publiques majeures, provoquées par les erreurs du système financier, en lui imposant des règles de prudence beaucoup plus strictes : il est scandaleux d'avoir à réduire des programmes sociaux français pour financer les errements des banquiers américains.

Pour retrouver de réelles marges de manœuvre, il faudra ensuite établir les budgets publics et sociaux de façon telle qu'ils dégagent un excédent suffisant pour ramener en quelques années la dette publique à des niveaux tolérables.

Il est impératif de ramener le déficit public sous le seuil de 3% du PIB avant 2013. La France se doit de respecter le programme de stabilité 2010-2013 défini par le gouvernement. Si la croissance du PIB atteint 2% par an dans les trois prochaines années, il sera nécesssaire d'économiser 75 milliards d'euros, soit 25 milliards d'euros par an.

La mise en œuvre de ce plan d'urgence devra donc commencer avant les prochaines échéances électorales, c'est-à-dire dès la fin 2010 et le début 2011 ; sa poursuite devra constituer la dimension essentielle du débat préludant à la prochaine élection présidentielle.

Pour le définir, il convient de faire un choix préalable entre moratoire et respect de la parole donnée. Pour l'heure, l'option à retenir ne se discute pas : l'ampleur des dégâts consécutifs à un moratoire serait incommensurable.

Il faut ensuite décider de l'ampleur de la réduction des dépenses, et de celle de l'augmentation des recettes, car il serait illusoire de croire que l'ajustement budgétaire nécessaire ne se fera qu'avec l'une ou l'autre.

La priorité doit être à la diminution des dépenses publiques. Une réduction significative, de l'ordre de 50 milliards d'euros sur les 3 prochaines années, est possible sans porter atteinte à la qualité et à l'équité des services publics. En France, le niveau élevé de la dépense publique ne se traduit pas systématiquement par un service efficace aux citoyens français. Il est donc indispensable de mener des réformes courageuses, aussi opiniâtres qu'impopulaires, trop longtemps retardées : la chasse systématique aux gaspillages et aux doubles emplois dans les administrations militaires, civiles et sociales ; la réduction massive des subventions à l'agriculture et aux industries dépassées ; la généralisation des technologies de l'ubiquité nomade dans les services publics ; la suppression de toutes les structures administratives et politiques redondantes, qu'elles soient étatiques, paraétatiques ou locales. Il est possible de rendre de meilleurs services publics avec moins de ressources.

Cette réduction des dépenses publiques est d'autant plus souhaitable qu'il a été empiriquement démontré que les désendettements opérés sur la base de la réduction des dépenses sont plus durables que ceux qui se font par l'augmentation des prélèvements. Il est néanmoins impératif que cette diminution des dépenses respecte deux principes de justice fondamentaux. D'abord, cette baisse ne doit pas s'opérer aux dépens des générations futures. Les investissements dans des secteurs tels l'enseignement supérieur et la recherche et le développement doivent être maintenus. Ensuite, la réduction des dépenses publiques doit préserver le principe de justice entre tous les Français. Les foyers les plus fragiles économiquement doivent bénéficier d'une attention spéciale.

Une augmentation des recettes sera nécessaire. Elle suppose de choisir quels impôts augmenter, pour réunir 25 milliards d'euros avant 2013 : choix éminemment politique, dépendant des catégories sociales que la majorité au pouvoir choisit de protéger par priorité. Il faudra certainement supprimer certains avantages fiscaux inefficaces, comme celui portant sur les heures supplémentaires. Il faudra ensuite revoir la fiscalité immobilière, l'exonération des droits de succession, les niches fiscales, notamment celles pour lesquelles il n'existe pas de plafond. Il faudra sûrement augmenter significativement la TVA (mesure moins injuste en période de stabilité des prix) et créer une ou deux tranches d'impôt sur le revenu supplémentaires au moins pendant toute la durée du redressement des comptes, enfin réduire la portée du bouclier fiscal. Il conviendra de tenir compte de l'espérance de vie dans le calcul des cotisations et des pensions, y compris pour les salariés du secteur public, à l'exception de ceux exerçant des métiers pénibles ou dangereux pour autrui, et de faire financer au moins en partie les dépenses liées à la dépendance et à l'allongement de la vie par les revenus du capital.

La hausse des impôts entraînera d'autres sacrifices : une famille ne pourra pas financer à la fois la dépendance de ses anciens par l'impôt et les objets-nomades de ses jeunes par la dépense privée.

Cette hausse connaîtra une limite : si elle devient excessive, le risque est grand de voir s'effondrer la compétitivité du pays et son taux d'épargne.

Pour assurer le succès de cette combinaison de mesures, il faudra gérer en toute transparence la nouvelle répartition des ressources entre générations présentes et futures. C'est-à-dire redéfinir notre modèle social.

Redéfinir le modèle social

Une fois prises les mesures destinées à rétablir les équilibres des finances publiques, la France, comme toute société démocratique, devra clairement définir – et y revenir sans cesse – le partage entre public et privé. Un effort global de modernisation des institutions et des règles budgétaires devra être mené de façon juste et durable. Tel devrait être l'enjeu majeur de la prochaine élection présidentielle.

Dans toute société démocratique, le rôle unique de l'État est en effet de fournir la sécurité aux citoyens et, à cette fin, de leur faire payer une assurance, qu'on appelle impôt ou cotisation sociale. La sécurité des vies et des biens exige, pour tous les démocrates, des armées, des polices, des juges, des prisons, de la diplomatie, des routes. Elle requiert aussi, selon certains partis politiques, des transports, des réseaux d'énergie et de communication. Pour d'autres, elle exige encore les moyens d'être formé, de trouver du travail, d'être équitablement protégé contre les aléas de la vie que sont la maladie, la dépendance, la vieillesse et le chômage.

La question politique à débattre lors de chaque échéance électorale est donc de savoir quels biens une société peut contraindre ses membres à considérer comme publics. Par exemple, si elle peut, en matière de santé, décider que la prime d'assurance est obligatoire. À mon sens, une prime d'assurance peut être rendue obligatoire – et devenir par là un impôt – si celui qui décide de ne pas la souscrire en vient à nuire aux autres et à lui-même. Ainsi, un citoyen qui ne paierait pas la part de ses impôts destinée à la défense nuirait à la qualité de la défense de tous et n'assurerait pas pour autant sa propre sécurité. De même, aux yeux de certains, en ne payant pas sa part d'impôt ou de cotisation sociale destinée à la santé, un citoyen, même s'il se trouve à même de financer seul sa propre santé, nuirait à la santé des autres en se mettant en situation d'être contagieux. Il en serait de même s'il ne finançait pas une assurance contre le chômage, ce qui peut devenir un obstacle majeur à la cohésion sociale et au développement collectif.

Une solution au partage entre dépenses publiques et privées peut résider dans des systèmes mixtes où l'État partage les responsabilités avec des assureurs privés en charge de la mise en œuvre de missions de service public. Par exemple, la santé peut rester du domaine du privé, moyennant l'engagement des assureurs de garantir un certain niveau de services (soins, remboursement, etc.). De même pour la sécurité de l'emploi. Dans ce cas, il ne s'agit plus de prélèvements obligatoires, mais de primes d'assurances obligatoires, de dépenses privées contraintes, de nature tout à fait équivalente à l'impôt. L'État devient alors un réassureur de dernier ressort et se réserve le droit d'intervenir, en cas de menace de faillite du concessionnaire ou de non-respect du contrat, pour assurer la continuité du service au public, sans pour autant garantir le patrimoine des actionnaires et des créanciers des concessionnaires défaillants.

Mettre en place
un régime de croisière

Il faudra ensuite instaurer les mécanismes de gouvernance capables d'éviter le retour de « mauvaises » dettes et de maintenir un juste niveau de la « bonne » dette.

Notre objectif devrait être de maintenir un endettement proche de 60 % du PIB, un niveau soutenable pour l'État français, favorable à la croissance et permettant de préserver l'équité entre les générations. Membre de l'Union économique et monétaire, la France est, de toute manière, soumise aux règles du pacte de stabilité et de croissance selon lesquelles la dette publique ne doit pas excéder 60 % du PIB.

Cela suppose d'abord de ne pas céder à l'illusion de la décroissance, qui aggraverait le poids de la dette et réduirait le pouvoir d'achat de l'avenir.

Cela suppose ensuite de bien connaître les comportements, stratégies et préoccupations des créanciers. Cela suppose une modernisation radicale de la comptabilité publique.

Cela suppose enfin de regrouper en trois catégories distinctes les dépenses et les recettes publiques, et de les ranger dans trois structures comptables et administratives différentes, chacune dotée d'une gouvernance et d'un financement spécifiques, et toutes trois soumises au contrôle du Parlement :

1. Le *Budget national* regroupant l'ensemble des dépenses de fonctionnement et de fourniture de services de l'État, de la Sécurité sociale et des services spécifiques de même nature, réintégrés dans le budget dont ils ont été scandaleusement sortis. Ces dépenses, intéressant les générations actuelles, devront être financées par l'impôt, y compris celles de la Sécurité sociale, qui, pour l'instant, échappent pratiquement à tout contrôle du souverain. Il faudra organiser la fusion de l'Urssaf et de l'administration fiscale ; des caisses d'allocations familiales et des caisses d'assurance-maladie ; des administrations fiscales et sociales ; des budgets de l'État et de la Sécurité sociale. Il faudra ensuite faire voter le Parlement sur ces budgets regroupés en un seul *Budget national*, pour avoir une vision lucide de l'ensemble des prélèvements obligatoires et des dépenses publiques. Une règle constitutionnelle interdira tout déficit du *Budget national*. Ce qui suppose de donner tout pouvoir au ministère du Budget sur les autres ministères dans le contrôle comptable de leurs dépenses.

2. Un *Fonds national de réparation* financera les dépenses intéressant les générations actuelles et laissées pour le moment à la charge des suivantes (telles les retraites et la réparation des dommages faits à l'environnement par les générations actuelles). Ce *Fonds national de réparation* (incluant l'actuel Fonds de recouvrement des retraites, dont il doit reprendre et élargir la philosophie) recevra des ressources fiscales spécifiques et pourra aussi emprun-

ter, sur une brève durée, pour laisser le poids de la dette peser sur les épaules des générations encore actives dans dix ans.

3. Un *Fonds d'investissement national* financera les dépenses publiques intéressant les générations futures (les investissements publics, matériels, comme les transports, et immatériels, comme l'éducation), financées par emprunt à long terme et par des impôts affectés. Ces dépenses s'organiseront dans sept directions principales, dont la liste définit précisément les limites de l'emprunt public :

Renforcer les infrastructures de la mobilité : construire les réseaux publics de communication – infrastructures urbaines, ports, trains, aéroports, réseaux de fibres optiques (le projet du Grand Paris allant jusqu'à Rouen et au Havre est, de ce point de vue, absolument crucial). Il faudra investir pour réduire tout ce qui nuit à la mobilité (drogues, alcool, obésité) et promouvoir par la formation le goût du travail, de l'effort, de la curiosité, de la mobilité géographique et sociale, de la liberté, l'aspiration au changement, au neuf.

Augmenter l'actif intellectuel du pays : parmi les investissements dans l'éducation seront prioritaires ceux qui visent à donner une deuxième, puis une troisième chance à ceux qui auraient échoué dans leurs études ; développer les capacités des étudiants à transformer leur savoir en richesses concrètes ; réformer le collège, où tout se joue ; faire en sorte que l'origine sociale ne pèse plus sur la réussite universitaire ni sur l'accès aux fonctions de responsabilité ; promouvoir la recherche universitaire et industrielle, en particulier dans les domaines des nouveaux matériaux, des énergies renouvelables, des nanotechnologies, de l'ubiquité nomade, de l'urbanisme durable et des infrastructures utiles au développement de l'activité productrice du pays.

Améliorer la qualité du travail et de la vie en société : investir à cette fin dans le logement social, dans la vie syndicale et culturelle, dans la formation professionnelle et permanente, dans le mode d'organisation du marché du travail.

Investir dans l'accueil des étrangers : leur venue en grand nombre et des investissements crédibles en matière d'intégration sont des conditions nécessaires à la croissance économique et au financement de la dette.

Investir dans l'environnement : promouvoir les forêts, les lacs, les sources d'énergie renouvelable, les économies d'énergie, soit par des investissements publics, soit par des dépenses fiscales. Cela ressortira à la fois à la réparation des dommages causés par les générations actuelles et à l'amélioration de la valeur du patrimoine écologique.

Investir dans la gratuité : pour réduire la dynamique des dépenses publiques, l'État devra aussi favoriser, par des investissements au moins fiscaux, la constitution d'entreprises à but non lucratif de toute nature (partis, syndicats, ONG, associations, réseaux coopératifs réels ou virtuels, en particulier dans les activités d'éducation et de prévention) ayant pour fonction de rendre gratuitement, par altruisme, des services publics. Il devra développer la démocratie participative, organiser des espaces urbains et virtuels pour que s'y rencontrent ceux qui ont envie de se rendre utiles et d'assurer des services publics hors de toute dépense publique.

Renforcer les moyens de l'influence et de la souveraineté : doter l'armée de moyens de surveillance et d'intervention rapide ; investir dans la langue française et faire de sa promotion une priorité majeure ; définir une politique claire de développement de l'Afrique sub-saharienne, l'Europe de l'Est, de l'Asie centrale et de la Méditerranée, régions dont dépendront dans le prochain demi-siècle la sécurité et le développement de la France.

La liste des investissements pouvant être financés par ces deux Fonds – de réparation et d'investissement – devra être stable, prémunie contre toute interférence intempestive, même parlementaire. À cette fin, cette liste devra faire l'objet de mécanismes particuliers de décision sous forme de lois organiques.

Les budgets de ces deux Fonds seront soumis au vote du Parlement. Ils seront financés par des impôts affectés et par des emprunts gagés sur leurs revenus ultérieurs. La totalité de leurs emprunts formera la « bonne » dette publique, qui ne devra pas dépasser un juste niveau. En particulier, le service de cette dette ne devra jamais dépasser le montant des impôts affectés, en sorte de survivre à une hausse des taux.

Il faudra enfin mettre en place des mécanismes permettant d'évaluer en permanence l'efficacité des dépenses publiques et des investissements, de justifier leur interruption, de surveiller les risques de dépassement du juste niveau de la « bonne » dette, en particulier les risques que le secteur concurrentiel, notamment bancaire, fait courir aux dépenses publiques. On évaluera l'impact de chaque mesure sur la croissance et sur la dette. Ces règles s'appliqueront aussi bien aux budgets des collectivités territoriales.

*
* *

J'ai naturellement conscience de l'extrême difficulté de mise en œuvre des réformes ici esquissées : économiser, réorganiser, relancer. Elles supposent d'ores et déjà une volonté politique bien arrêtée. Elles devront ensuite être confirmées en début de mandat d'un président, élu ou réélu, appuyé par une majorité conforme à ses idées. L'un et l'autre auront dû exposer à l'avance leurs intentions et être portés au pouvoir grâce ou malgré elles, ce qui n'est pas la moindre gageure.

Surtout, ces réformes devraient pouvoir être poursuivies quelles que soient les majorités au pouvoir, les choix démocratiques ne portant que sur la nature des groupes sociaux privilégiés. En particulier, les mesures portant sur la réforme de la structure de l'État prendront bien plus qu'un mandat présidentiel pour entrer dans les mœurs.

Un tel programme est possible. D'autres pays, comme la Suède, le Canada, la Nouvelle-Zélande, la Finlande, la Belgique, l'Allemagne et l'Irlande, l'ont récemment mis en œuvre. Ainsi, la Suède a réussi à réaliser un surplus de 1,2 % en 1998 alors que son déficit s'élevait à 11,2 % du PIB en 1993. Au Canada, un programme de réduction des dépenses publiques a permis de passer d'un déficit d'environ 5 % en 1994 à un surplus de 0,3 % en 1998. La plupart des pays voisins de la France, la Finlande, le Danemark, l'Italie ou encore l'Irlande, ont entrepris de réduire leurs dépenses publiques. Il est temps de s'inspirer de leurs politiques. En effet, si la dette publique de la France devient par trop énorme sans que nul réagisse, il faudra en venir un jour à mettre en place une *Caisse nationale d'amortissement*, qui étalera le poids de la dette publique sur une période plus longue, par exemple cinquante ans. Ce rééchelonnement s'apparentera à un moratoire, assorti de conséquences très négatives pour les épargnants comme pour les contribuables, il ne pourra donc apparaître que comme une solution extrême, à n'appliquer que si rien de crédible n'est entrepris à temps.

Quoi qu'il en soit, si la question de la dette publique ne devient pas un des enjeux-clés, voire l'enjeu principal de la prochaine élection présidentielle, une crise majeure deviendra inévitable. Les réformes énumérées ci-dessus devront de toute façon être entreprises ; différées, elles le seront dans des conditions beaucoup plus pénibles que si l'on avait eu le courage de les mettre en œuvre avant le déchaînement de l'orage.

Chapitre 9

L'obligation européenne

Pour certains, l'Union européenne (et plus encore les pays ayant l'euro en commun) est globalement, au regard de la question de la dette souveraine, dans une situation favorable, très différente de celle des autres pays et continents.

D'abord, le budget de l'Union est équilibré et elle n'a pas de dette souveraine. Ensuite, elle dispose, avec la Banque européenne d'investissement, d'une capacité de financement des équipements publics de près de 80 milliards d'euros par an, pour un encours de prêts de 400 milliards d'euros. L'Union dispose en outre d'une monnaie unique et d'un taux d'épargne des ménages important, capable de financer l'essentiel de la dette publique européenne sur ses propres marchés financiers. Elle dispose aussi d'immenses actifs accumulés depuis plus de mille ans et peut fournir de fortes garanties pour attirer les fonds d'investissement privés et souverains. Par ailleurs, les nations qui la composent, toutes démocratiques, ont la volonté de rembourser leurs dettes, connaissent mieux que d'autres les risques inhérents au défaut et savent quels impôts augmenter pour ne pas décourager l'épargne.

De fait, le monde avait, avant la crise, de plus en plus confiance dans l'Europe, en particulier dans les pays ayant l'euro en commun : la part de cette monnaie commune dans les réserves mondiales augmentait, pour atteindre près du tiers des réserves de change planétaires. Aujourd'hui, la situation reste relativement bonne : neuf pays de l'Union européenne (Bulgarie, République tchèque, Danemark, Estonie, Lituanie, Luxembourg, Roumanie, Slovénie et Slovaquie) ont même en 2010 une dette publique inférieure à 40 % de leur PIB ; le déficit des pays périphériques de l'Eurogroup n'est en 2010 que de 7,7 %, alors qu'il est de 10,5 % en moyenne au Japon, aux États-Unis et en Grande-Bretagne (laquelle est certainement, et de loin, avec l'Espagne, l'Irlande, le pays de l'Union européenne dans la plus mauvaise situation).

Au total, aux yeux des optimistes, il n'y a donc pas péril en la demeure et il n'existe aucune raison de s'inquiéter des dérives actuelles : quoi qu'il arrive, malgré la crise grecque et les autres qui s'annoncent, l'Union européenne conservera aisément, disent-ils, la maîtrise de sa dette publique.

Pourtant, à y regarder de plus près, la situation n'est pas du tout rassurante. Les finances publiques des pays de l'Union ne sont absolument pas sous contrôle. Et les marchés le disent chaque jour davantage. De 2009 à 2010, selon des chiffres officiels totalement sous-estimés, la dette publique y a augmenté en moyenne – surtout pour financer la crise bancaire – de 14,5 points de PIB (et même, pour certains, comme la Grande-Bretagne et l'Irlande, de 30 points !), ce qui est énorme. Certains de ces pays ont déjà des dettes publiques supérieures à 100 % de leur PIB et n'ont pu financer leurs déficits de ces dernières années qu'en attirant des capitaux étrangers pour participer aux profits de bulles, comme en Espagne. Les emprunts annuellement nécessaires dépassent pratiquement partout le montant des budgets.

En 2010, les budgets des pays membres de l'Union auront eu besoin d'emprunter 1,6 trillion d'euros, soit autant que les États-Unis. L'épargne interne, notamment l'assurance-vie, leur en apportant 0,9 trillion, le reste va être à trouver à l'extérieur, c'est-à-dire au Japon, en Chine et dans les fonds souverains. Certains pays commencent à avoir du mal à emprunter : la Grèce, l'Espagne, le Portugal paient particulièrement cher leurs emprunts, ce qui ne fait qu'augmenter leurs dettes. Ils seront bientôt tous insolvables. La dette grecque, par exemple, dépasse les 300 milliards d'euros. Elle a besoin de 140 milliards d'euros dans les trois prochaines années.

Face à cette dérive, il n'y a pas le moindre commencement de conception commune de l'action à mener : pas d'harmonisation des politiques nationales de collecte de l'épargne ; en particulier, pas de conception commune de la fiscalité de l'épargne et du capital. Bien des produits dérivés sont interdits dans certains pays et autorisés en d'autres ; bien des pratiques spéculatives sont encouragées sur certaines places européennes et vilipendées sur d'autres. Il n'y a pas de réglementation commune des marchés à terme et des *hedge funds*, ni de définition commune du concept de paradis fiscal et de place financière *off shore* ; il n'y a pas non plus d'instance commune de régulation des marchés financiers : il n'existe pas d'équivalent paneuropéen de l'Autorité des marchés financiers ou de la Securities and Exchange Commission, et les directives en la matière attendent encore d'être finalisées. Dans bien des domaines réglementaires en matière financière et bancaire, l'Union européenne se plie à ce qui vient de Wall Street, de la Fed, de la SEC, du Trésor américain, et – en particulier en matière comptable – d'organismes ad hoc très largement contrôlés par des acteurs américains qui n'appliquent pas eux-mêmes leurs propres règles.

Cette fragmentation de la gestion de l'épargne européenne conduit les petits pays de l'Union à payer plus cher leurs emprunts que d'autres : la différence des coûts d'emprunt est de l'ordre de 50 points de base (0,5 %) entre l'Allemagne et l'Autriche, de presque autant avec la France, et de bien plus (600 points) avec d'autres pays de l'Union, surtout lorsque ceux-ci se trouvent en difficulté. La création du Fonds spécial européen à la mi-mai 2010 fait baisser ces taux, pour quelques mois au moins.

Après 2010, la situation ne va pas s'arranger : les dépenses publiques en Europe vont encore augmenter massivement, en particulier du fait de l'évolution démographique qui, à législation constante, fera croître les dépenses de santé ainsi que celles liées à la dépendance et aux retraites. Dans les cinquante prochaines années, l'espérance de vie augmentera au sein de l'Union européenne de 7 ans pour les femmes et de 8,5 ans pour les hommes. Avec un taux de fertilité très faible, de 1,6 enfant par femme, le ratio de la population au-dessus de 65 ans rapportée à la population âgée de 15 à 64 ans passera de 25 % en 2009 à 54 % en 2060. Le nombre de personnes de 15 à 64 ans baissera significativement de 332 à 283 millions (hors immigration). En conséquence, les dépenses d'éducation baisseront assurément un peu, mais toutes les autres dépenses publiques (santé, dépendance, retraites) augmenteront. Au total, cette évolution exigera au moins 4,5 points de PIB en plus. Moyennant, là encore, de grands écarts : l'État grec aura besoin de dépenser 15 points de PIB de plus, l'État polonais, 2 points de moins.

À législation sociale et fiscale inchangée, sans modification des taux d'intérêt et sans nouvelle crise bancaire ou autre, la dette publique des pays de l'Union européenne, on l'a vu, atteindra 100 % du PIB en 2014.

Pour financer et réduire, fût-ce très lentement, cette dette publique en la ramenant à 60 % du PIB en 2060, selon certains calculs – fort optimistes à mon sens –, il faudra trouver, d'ici 2020, 6 points de PIB sous forme de hausse d'impôts ou de réduction des dépenses, soit l'équivalent de 12 % à 15 % des prélèvements obligatoires actuels. Effort considérable, même dans le cadre de ce scénario plutôt peu exigeant. Sans compter que, pour y parvenir, la capacité de lever l'impôt varie beaucoup d'un pays à l'autre : le niveau des prélèvements obligatoires est très différent en Roumanie (moins de 30 %) et en France, en Suède ou au Danemark (plus de 45 %). Réduire les dépenses publiques est tout aussi ardu ; tous les pays de l'Union ne peuvent le faire en même temps sans provoquer une dépression majeure, sauf si l'Union devient très largement exportatrice vers le reste du monde, ce qu'on a quelque mal à concevoir. Les crises de dette, évoquées dans le scénario du pire, sont alors vraisemblables.

L'Union européenne se résoudra donc à continuer d'emprunter, en compétition frontale avec les États-Unis dans la recherche de capitaux, à l'instar de deux vieilles prostituées se disputant les derniers clients...

Il lui faudra donc inventer de nouveaux instruments pour attirer les prêteurs.

Créer des instruments d'emprunt européen : les bons européens

Si les Européens réussissent à éviter la débandade, s'ils comprennent qu'aider les plus faibles d'entre eux leur coûtera moins cher qu'une succession de défauts, on pourra commencer à penser à une solution pérenne. Pour que les emprunts budgétaires des pays européens, qui devront continuer à être émis pour assurer la « bonne » dette, coûtent moins cher et soient mieux reçus, on ne pourra se contenter de laisser chacun emprunter en ordre dispersé sur les marchés mondiaux. La crise actuelle montre que les emprunteurs séparés n'y parviennent pas. Et que l'on ne peut compter sur la générosité de ses voisins : ni la France ni l'Allemagne ne veulent financer la Grèce ou l'Espagne. Il est absurde pour la France ou l'Italie de prêter à la Grèce l'argent qu'elles n'ont pas. Et il serait absurde pour la Grèce d'avoir à repayer aux Portugais ou aux Italiens une partie de cette somme. C'est pourtant ce qui est décidé par la mise en place du Fonds spécial européen en mai 2010.

Il faudra donc créer, en complément des emprunteurs nationaux, un « emprunteur budgétaire européen » de dernier ressort, qui ne pourra être ni la Banque centrale européenne (en charge de la monnaie), ni la Banque européenne d'investissement (qui emprunte à long terme), mais une entité nouvelle, une *Agence européenne du Trésor* ayant mission de fournir aux budgets des pays européens des ressources financières nouvelles à court terme pour financer leurs dettes souveraines actuelles et leur « bonne » dette ultérieure. L'Union européenne n'ayant aujourd'hui aucune dette, cette agence disposerait d'un potentiel d'emprunt considérable. Cela n'a rien à voir avec le plan décidé à la mi-mai 2010, qui n'est qu'un mécanisme de mutualisation de capacités d'emprunt nationales.

L'Agence européenne du Trésor émettra des « bons européens » au nom des 15 pays membres de l'Eurogroup ou de certains d'entre eux. L'accès de chaque pays à ces emprunts sera limité à la proportion de sa participation au capital de la BCE ou de la BEI. Ces bons européens représenteront la totalité ou une partie des émissions annuelles de chaque Trésor national, ou bien un pourcentage (de 15 à 20 %) du PIB de l'Union, ce qui représentera un potentiel d'emprunt de 2 à 3 trillions d'euros. Ils seront émis en sus ou à la place d'une partie des émissions des États. L'Agence européenne du Trésor s'appuiera comme agent d'émissions sur les experts de la Trésorerie de la BEI et sur ceux d'autres agences nationales de grande qualité existant en Europe (telle l'Agence France-Trésor). Ce genre de mécanisme rassurera immédiatement les marchés et mettra fin à l'actuelle crise de liquidités qui touche certains États de l'Eurogroup.

Les bons européens seront d'abord d'une durée de 6 à 12 mois et couvriront toutes les émissions de moins d'un an de maturité. S'ils deviennent des obligations à plus long terme, ils serviront au financement de la Banque européenne d'investissement et pourront permettre une convergence économique et fiscale entre les différents pays membres de l'Agence européenne du Trésor, aussi bien en termes de coût d'accès aux financements qu'en termes de fiscalité, à l'instar de l'évolution de l'émission des bons du Trésor aux États-Unis.

Chaque pays de l'Eurogroup transférera à l'Union les recettes nécessaires pour financer ces bons au même coût que la dette nationale, laissant la marge (ou le surcoût) à la charge (ou au bénéfice) de l'Agence européenne du Trésor.

Grâce à ce transfert, l'Allemagne ou la France n'auront pas à financer leurs voisins, ni à courir le risque de voir leurs taux s'élever et le coût de leurs emprunts augmenter (de 3 milliards selon les calculs du ministre des Finances allemand) ; cela aura un effet neutre sur le budget des États et rapportera à l'Union de l'ordre de 9 milliards d'euros par an. Au lieu d'emprunter chacun pour soi, emprunter pour les autres donne une véritable dimension intégrée au projet européen.

Le produit de ces bons aura le même usage qu'une émission gouvernementale à cette échéance pour l'État concerné : financer sa dette souveraine. Et, à terme, seulement sa « bonne » dette.

L'Agence européenne du Trésor gérera un *Fonds européen de garantie*, assurant que, en cas de défaut d'un pays, la part européenne de la dette de ce pays sera couverte ; des assurances souveraines, remplissant le même rôle que les CDS, seront spécifiquement attachées à ces bons, faisant ressortir les différences entre les dettes souveraines des différents pays et poussant les pays membres à harmoniser leurs finances publiques. Cette dette européenne sera *senior*, c'est-à-dire qu'elle sera remboursée par priorité ; les dettes nationales seront subordonnées, c'est-à-dire ne seront remboursées qu'après.

Si la dette publique de l'ensemble des pays de l'Union n'est pas maîtrisée à temps, des défauts en cascade se produiront. Il faudra alors en arriver à mettre en place une *Caisse européenne d'amortissement*, qui étalera le poids de la dette publique européenne sur une période plus longue, par exemple cinquante ans. Cette issue s'apparentera à un moratoire, assorti, on l'a vu, de conséquences très négatives.

En revanche, si les réformes proposées plus haut pour la France sont mises en œuvre par tous les pays de l'Union, la dette publique européenne se stabilisera progressivement et ces bons serviront ensuite à financer uniquement la « bonne » dette, c'est-à-dire les fonds de réparation et les fonds d'investissement de chaque pays, ainsi que des fonds du même type, à créer à l'échelle de l'Union.

Renforcer l'euro par un fédéralisme budgétaire : un Fonds budgétaire européen

Pour que les emprunts puissent être aisément souscrits par les pays emprunteurs, il faut que l'euro soit solide. Une condition de cette solidité est d'abord, on l'a vu, la résolution de la crise de la liquidité des pays les plus endettés. C'est aussi la mise en place d'une meilleure gouvernance financière européenne : les pays membres de l'Eurogroup ou, mieux, tous ceux de l'Union, devront se doter d'institutions capables de surveiller tous les acteurs financiers européens (même et surtout ceux qui ne sont pas des banques), d'interdire aux institutions financières de travailler avec des places financières offshore et avec les paradis fiscaux situés hors de l'Union, et d'interdire, selon une définition commune à tous, l'usage spéculatif des CDS. Ils devront coordonner, puis fusionner leurs diverses commissions de contrôle des divers marchés financiers, ce qui aidera à mettre en place un code de conduite unique en Europe et à empêcher le contournement des directives européennes lorsqu'elles sont retranscrites de manière biaisée au niveau national. Enfin et surtout, il faudra mettre en place des règles prudentielles communes à toutes les banques européennes pour que leurs imprudences ne se traduisent pas par de nouvelles dépenses budgétaires majeures. Tout cela n'est pas aisé. C'est pourtant la condition de la survie de l'euro.

Ensuite, pour éviter de voir le FMI (au sein duquel ils n'agissent pas de façon concertée) se mêler de leurs affaires internes, les Européens devront instaurer des mécanismes de surveillance et de gestion coordonnées de leurs déséquilibres budgétaires, bien au-delà de ceux qui existent aujourd'hui.

À cette fin, un Fonds budgétaire européen (FBE), distinct de l'Agence européenne du Trésor, apportera des ressources budgétaires aux pays en difficulté ; il sera alimenté par des ressources budgétaires proportionnelles au PIB des pays membres ou à l'étendue de leurs manquements aux règles du traité de Maastricht.

Les pays de l'Union qui se trouveront en situation d'endettement excessif devront suivre un programme d'ajustement élaboré par la Commission et l'Eurogroup et financé par des allocations budgétaires du FBE. En cas de non-respect de ce programme, le FBE pourra arrêter tout versement, bloquer les prêts des fonds structurels et ceux de la BEI, voire interdire au pays contrevenant l'accès aux bons souverains européens.

Une telle construction préparera la mise en place d'une harmonisation de la politique budgétaire et fiscale de tous les États-membres, visant à la disparition de toute « mauvaise » dette et à la coordination des structures budgétaires.

Les investissements nécessaires en Europe

Enfin et surtout, pour rembourser durablement ses dettes publiques, l'Europe aura besoin de renouer avec une croissance forte et durable : si la dépense publique est de 40 % et la dette de 100 % du PIB, un point de croissance en plus réduit le ratio dette/PIB de 14 points en dix ans. Là est donc la vraie solution. Or, aujourd'hui, la croissance potentielle de l'Union européenne est beaucoup trop faible, limitée par l'insuffisance de sa population, de son capital industriel et de sa capacité à mettre en œuvre des innovations ; limitée aussi par l'étroitesse de ses marchés et par l'absence d'harmonisation de son droit social.

Libérer la croissance économique pour réduire la dette souveraine suppose, dans chaque pays et au sein de l'Union, d'énormes mutations, en particulier en matière de politique de la connaissance, de politique sociale, de concurrence, de protection des plus faibles contre les risques, de mobilité et d'efficacité des services publics.

Par ailleurs, l'Union européenne devra continuer de financer par l'impôt, et sans emprunt, ses consommations collectives, c'est-à-dire ses dépenses de subvention et de fonctionnement. À cette fin, elle devra augmenter le plafond du budget communautaire tout en conservant l'obligation d'équilibre, et, en cas de crise, compléter les moyens de financement de ses budgets de fonctionnement, en attendant l'équilibre, par le recours à l'Agence européenne du Trésor ct au Fonds budgétaire européen.

Pour préserver son modèle social, elle devra par ailleurs trouver les moyens de financer son rôle d'assureur, en particulier en matière de santé, de retraite, de dépendance et d'emploi.

En tant qu'entité souveraine, l'Union devra, en régime de croisière, ne financer par l'emprunt à long terme que les investissements de la BEI, véritable fonds souverain européen. En particulier, comme le prévoyait la stratégie de Lisbonne (et comme l'esquisse son nouveau plan, en préparation, pour les dix prochaines années), l'Union européenne devra investir massivement dans le savoir, la technologie, la culture, le social, l'éducation, la santé, l'environnement. La BEI devra par exemple consacrer 40 milliards d'euros par an d'argent public aux infrastructures de transport et de télécommunications, 60 milliards en remplacement et en maintenance dans ces différents secteurs, et autant en matière d'infrastructures d'énergie (pipelines, terminaux gaziers, transmissions électriques…). L'Europe devra aussi investir massivement dans l'accueil des étrangers.

En complément de l'action de la BEI, on pourra enfin mettre en place à l'échelle de l'Europe un *Fonds européen de réparation,* déjà évoqué à l'échelle de la France, qui aura pour mission de financer, par des ressources budgétaires et des emprunts, les charges liées à l'environnement et aux retraites que les générations actuelles laisseront aux suivantes.

Immenses chantiers de très long terme, bien éloignés de l'anémie actuelle. Mais qu'il convient malgré tout d'énoncer ; au moins pour montrer que le meilleur n'est pas impossible, qu'il y a une solution réaliste à la crise actuelle et ouvrir ainsi la voie à ce qui devra devenir une toute nouvelle étape de l'aventure européenne : une fois de plus, une crise aura permis à l'Europe de se renforcer.

Chapitre 10
Une stratégie pour le monde

S'il existait, un État mondial serait pourvu d'un budget, de recettes et de dépenses. Ce budget pourrait connaître un excédent ou un déficit, et l'État mondial pourrait être affecté d'une dette publique. Mais un tel État n'existe pas, et les institutions internationales actuelles n'en sont que de pauvres embryons.

Par ailleurs, la planète Terre considérée dans son ensemble ne commerce pas avec le reste de l'Univers et doit donc se contenter de ses ressources. Elle n'est donc évidemment jamais endettée, ni en excédent : sa balance des paiements est nécessairement en équilibre.

En revanche, de tout temps, et aujourd'hui plus que jamais, une partie du monde est endettée vis-à-vis d'une autre. Actuellement, la partie du monde supposée être la plus riche est endettée à l'égard de l'autre, supposée être la plus pauvre. En particulier, une partie des souverains des pays les plus puissants empruntent l'argent des épargnants du reste du monde, dont certains sont des fonds souverains, et d'autres des gens très pauvres qui préfèrent épargner par sécurité (cf. tableau 5).

Une fois de plus, comme souvent dans l'Histoire, le nouveau venu – ici, l'Asie – dégage une épargne qu'il n'utilise pas chez lui et qu'il prête en partie à la puissance déclinante – ici, l'Occident. Celui-ci s'en sert pour maintenir son train de vie, non pour préparer son avenir.

Le rôle actuel du système financier mondial est donc d'assurer ce transfert de l'épargne des pays du Sud vers la consommation des pays du Nord en prélevant au passage d'énormes commissions.

Comme souvent par le passé, une crise financière majeure accélère ces évolutions et en précipite la conclusion. Comme toujours, le prêteur n'a pas intérêt à affronter ni à provoquer un défaut des emprunteurs : aujourd'hui, l'épargnant pauvre d'Asie n'a pas intérêt à la faillite de l'emprunteur riche d'Occident, qui conduirait à la matérialisation du « scénario du pire », face auquel les plus pauvres sont toujours les moins bien protégés. De même, l'emprunteur n'a rien à y gagner puisqu'il perdrait pour longtemps tout accès à l'épargne du monde.

Pour ne pas basculer dans le précipice qu'elles frôlent en ce moment, les nations emprunteuses, c'est-à-dire celles du G7 (qui furent il n'y a pas si longtemps les créanciers du monde), doivent se coordonner afin de faire le meilleur usage des ressources que les marchés (c'est-à-dire les autres) peuvent mettre à leur disposition. On l'a vu dans le cas de la France, elles doivent en particulier choisir clairement ce qu'elles considèrent comme relevant du collectif. Elles doivent financer par l'impôt le collectif récurrent et ne financer par l'emprunt public que les seules dépenses du souverain apportant un avantage aux générations suivantes ; elles doivent en outre constituer une réserve d'épargne destinée à financer les dépenses censées constituer une charge pour les générations à venir, comme les retraites et les dommages à l'environnement causés par les contemporains. Cela suppose en particulier, répétons-le, de ne pas céder à l'illusion de la décroissance, qui aggraverait le poids de la dette.

Cela implique aussi de mettre en place à l'échelle mondiale une architecture radicalement nouvelle de la gestion des dettes souveraines, pour en réduire significativement le poids en le répartissant autrement ; et d'instaurer, pour un nouveau régime de croisière, de nouveaux mécanismes de financement des investissements publics mondiaux et des réparations publiques mondiales, grâce à des fonds souverains mondiaux et à des instruments financiers publics et privés d'un genre inédit, du type de ceux évoqués précédemment pour la France et l'Europe.

Une telle stratégie, à peine esquissée ici, est ambitieuse et sera d'autant plus difficile à mettre en œuvre. Difficile même à inscrire à l'ordre du jour des principaux souverains, qui préfèrent croire – et faire croire – que tout se passera bien, du moins jusqu'à leur propre réélection. Les illusoires réunions des G20, qui n'ont rien réglé, en sont des illustrations particulièrement cruelles, où l'on se contente d'énoncer d'excellents principes que nul ne se soucie de mettre en application.

Pourtant, chaque jour qui passe, en augmentant la dette, rend plus urgentes et plus ardues ce genre de réformes. Elles s'imposeront, si rien n'est fait, après une nouvelle crise majeure qu'elles pourraient pourtant permettre d'éviter. Ce fut le cas en 1944, rappelons-le, quand on a fini par créer les institutions dont certains avaient rêvé dès 1919.

Une architecture mondiale de la gestion des dettes souveraines

Les diverses formes de dettes souveraines existantes aujourd'hui sont gérées par maints canaux, pas toujours coordonnés : la Banque des règlements internationaux, le Club de Paris, le Club de Londres, le Fonds monétaire international, le G7, le G8, le G20, entre autres forums... Aucune de ces instances n'a tenté d'élaborer une architecture cohérente de la gestion des dettes souveraines. En outre, la multiplication des acteurs et la complexité des instruments financiers utilisés rendent aujourd'hui plus difficile encore que par le passé une action cohérente et concertée.

On peut penser que la dette souveraine ne devrait pas faire l'objet d'une action internationale, afin de laisser à chaque souverain le poids de ses excès, en dettes comme en créances. Ce fut longtemps possible ; mais, de nos jours, l'interdépendance des économies rend inconcevable de laisser chacun accumuler les problèmes, voire de se contenter de laisser chacun les régler à sa façon. Chacun a désormais intérêt à ce que les autres ne soient ni trop endettés, ni trop excédentaires.

Aussi, à l'échelle du monde comme à l'échelle de chaque pays, pour que la dette souveraine soit bien gérée, il faut, dans tous les cas et toutes les situations, bien la connaître, l'étaler, la maîtriser, la gérer et l'utiliser efficacement.

Connaître : aujourd'hui, on l'a vu, il n'existe ni concept ni théorie fiables permettant de mesurer, d'analyser, de justifier la dette souveraine, y compris dans les principaux pays. Il n'existe aucune comptabilité des actifs et des passifs. Personne ne sait qui doit quoi à qui ; chacun ment, triche, fraude, acceptant les tricheries des autres de peur qu'on n'aille débusquer les siennes. Il faut donc donner mission à une institution multilatérale crédible (tels le Fonds monétaire international ou la Banque des règlements internationaux, dont les statuts et les droits de vote seraient révisés afin de tenir compte des nouveaux équilibres géopolitiques), ou à une institution ad hoc, de rassembler régulièrement et de façon indépendante les données relatives à la dette mondiale. Il convient ensuite de rendre ces données crédibles par des audits indépendants des souverains.

Étaler : devant l'ampleur des transferts actuels, et pour éviter qu'ils s'accumulent à une extrême vitesse, comme on peut le craindre dans le « scénario du pire », il est urgent de réduire la dette. À cette fin, le Fonds monétaire international pourrait être chargé de refinancer et de restructurer la dette publique des principaux pays débiteurs. Il serait doté pour cela d'une *Caisse mondiale d'amortissement,* qui reprendrait à son compte un quart des dettes des pays du G8 et la moitié de celles des pays émergents. Cette caisse serait dotée de revenus garantis par les pays endettés grâce à des impôts spécifiques, et grâce à un emprunt mondial à long terme en DTS. Si la crise de la dette souveraine venait à s'aggraver et à prendre des proportions incontrôlables, comme dans le « scénario du pire » évoqué plus haut, cette caisse aurait pour mission de désintéresser les créanciers, fût-ce au prix d'un moratoire ou d'un défaut partiel.

Maîtriser : pour que ne se reproduisent plus des situations de surendettement, il faudrait ensuite mettre en place une procédure mondiale de dissuasion des emprunts et des créances excessifs. Une fois libérés de leurs mauvaises dettes, les pays les plus endettés devraient s'engager auprès du FMI, gestionnaire de la Caisse d'amortissement, à tout faire pour ne pas dépasser le juste niveau de la « bonne » dette. Ils seraient tenus de bien connaître les comportements et préoccupations des créanciers, d'agir sur les équilibres fondamentaux de leur économie dès que les marchés à qui ils empruntent s'en inquiéteraient ; par ailleurs, pour que cette inquiétude ne soit pas purement spéculative, il faudrait interdire aux marchés la spéculation en CDS sans contreparties, et augmenter les réserves des banques. Le FMI pourrait donner des avertissements pour « dette excessive » ou « créance excessive ». Un État souverain dont la créance serait par trop élevée serait puni par une baisse de la rémunération de ses placements.

En cas extrême, pour éviter l'impunité du souverain débiteur, il faudrait mettre en œuvre la proposition de l'économiste américaine Anne Krueger, qui suggère d'appliquer aux États défaillants la procédure de faillite conçue pour les entreprises (tel le chapitre 11 de la loi sur la faillite aux États-Unis). Si des débiteurs venaient à réclamer ensuite des changements dans les termes du remboursement, des clauses d'action collective permettraient aux créanciers d'ester devant un Tribunal international des faillites souveraines, qui remplacerait les Clubs de Londres et de Paris. Encore faudrait-il que les États acceptent qu'un tel tribunal soit doté d'une véritable autorité supranationale.

Gérer : pour atteindre un régime de croisière, il faudrait instaurer des règles prudentielles communes à toutes les banques du monde, en sorte que leurs imprudences n'entraînent pas les États, pour en financer les conséquences, à de nouvelles dépenses budgétaires imprévues. Par ailleurs, une fois la « mauvaise » dette disparue, la Caisse d'amortissement mondiale serait démantelée et le FMI interviendrait alors comme « prêteur en premier ressort », mettant à disposition des États membres des lignes de crédit budgétaire à court terme sous forme d'un actif de réserve émis mondialement, inspiré par les Droits de tirage spéciaux (DTS), et assis sur une meilleure répartition des créances. Cette idée rejoint celle du *Bancor*, proposée par John Maynard Keynes en 1944 au moment de la négociation préludant à la création du FMI, refusée alors par les Américains pour ne pas remettre en cause la suprématie naissante du dollar ni se trouver eux-mêmes astreints à une stricte discipline budgétaire. Une telle réforme déboucherait sur la transformation du FMI en banque centrale planétaire assurant la liquidité et la solvabilité de tous les États souverains.

Si cet ensemble de mesures est mis en œuvre – et il le sera un jour, avant ou après un approfondissement de la crise financière actuelle –, il engendrera, comme dans bien des crises souveraines antérieures, un formidable progrès dans l'organisation du monde et ouvrira une nouvelle période de croissance durable.

Une croissance mondiale durable et ordonnée de la richesse mondiale

À terme, comme par le passé, la seule vraie solution au problème de la dette sera la croissance des richesses. Elle devra évidemment être durable, c'està-dire ne pas créer de nouvelles créances sur l'environnement ; elle devra d'autre part être mesurée par l'évolution positive de la valeur des actifs, et non pas de la production : la vraie richesse n'est pas un flux, c'est toujours un patrimoine, qu'il soit financier ou culturel. Cette évolution est possible : les nouveaux progrès techniques ouvrent en effet des perspectives exceptionnelles.

Pour parvenir à une croissance durable de la valeur des actifs, le système financier mondial devra financer des investissements publics porteurs d'une telle hausse durable, c'est-à-dire des investissements non directement rentables pour le secteur privé, mais contribuant à l'augmentation du patrimoine individuel et collectif : à des *biens essentiels mondiaux*.

La liste en est éminemment politique. Son établissement sera, dans l'avenir, inscrit à l'ordre du jour d'états généraux planétaires. Pour certains, ces biens essentiels ne servent qu'à créer les conditions permettant au marché de produire tous les biens et services durables : sur un PIB mondial de 60 trillions d'euros, on peut évaluer à au moins 3 trillions par an les investissements publics de ce genre nécessaires en matière d'eau, d'énergie, de lutte contre les dérives climatiques ; ce montant est à rapporter aux 200 milliards d'investissements annuels des institutions financières internationales actuelles. Pour d'autres, ces biens essentiels couvriront aussi des infrastructures nécessaires à la production de biens et services publics en matière de santé, d'éducation, d'environnement et de sécurité.

Il faudra aussi se montrer capable de dégager l'épargne nécessaire pour financer plus tard les charges renvoyées aux prochaines générations. On peut rêver, à cette fin, d'un *Fonds mondial de réparation*, financé par l'épargne des habitants de la planète, qui permettrait d'assurer à chaque humain une retraite minimale et de répartir équitablement les charges correspondantes entre ceux qui dégradent l'environnement et ceux qui pâtissent de cette dégradation.

Le financement de toutes ces dépenses est disponible : l'épargne annuelle mondiale est de l'ordre de 15 trillions d'euros, et les actifs financiers accumulés, de l'ordre de 200 trillions, si l'on s'en tient – ce qui est encore réaliste – à leur valeur d'aujourd'hui.

Il faudrait aussi repenser radicalement l'organisation financière internationale et imposer le respect de règles très rigoureuses, évoquées par ailleurs, aux marchés financiers.

Cela conduira, à très long terme, à la création d'une monnaie mondiale, d'une Banque centrale mondiale et d'un Trésor planétaire...

Naturellement, tout ce dispositif n'aurait de sens que si de telles institutions planétaires pouvaient fonctionner démocratiquement. D'où l'idée d'états généraux planétaires. À l'évidence, nous sommes encore infiniment loin d'une telle utopie.

Tel est l'enjeu vertigineux de la dette publique, et ce qu'elle révèle de l'humaine condition : un danger mortel quand elle échappe à tout contrôle, une source de vie, de passion, d'aventure quand elle est maîtrisée.

Prêter, c'est exister par l'autre ; c'est se donner le devoir de faire réussir son débiteur pour justifier son prêt.

S'endetter, c'est mourir de peur : peur d'affronter les enjeux du présent et choisir de les reporter sur les autres ; c'est aussi une façon de se dire invulnérable, de penser que tout problème finira par trouver une solution.

Mais s'endetter, c'est aussi parfois avoir le courage du futur, désirer une vie intense, audacieuse, risquée, fuyant la dette originelle et morbide pour échafauder des projets. Dans ce cas, emprunter devient une façon de se contraindre à épargner et de préparer le meilleur pour les générations à venir.

Dans un texte radical où il fait montre, comme si souvent, d'une fulgurance prémonitoire, le philosophe français Alain écrit, juste avant le déclenchement de la Première Guerre mondiale, dans ses *Propos sur le bonheur* : « *Un père de famille, toujours soucieux et qui n'arrive point à se délivrer de ses dettes, est bien plus heureux, malgré l'apparence, parce qu'il n'a point le temps de penser à ses digestions. Voilà une raison de se conserver quelques petites dettes, ou de se consoler si on en a. La passion du jeu fait voir ce besoin d'aventure tout nu, en quelque sorte, sans aucun ornement étranger ; car le joueur n'a jamais de sécurité, et je crois que c'est cela même qui l'intéresse...* »

Telle est la complexité humaine ; et là réside peut-être l'explication la plus profonde de ce qui se joue avec la dette publique : toute nation, comme tout individu, aime, en empruntant, à jouer avec son destin. Parce que c'est la meilleure façon de se prouver à soi-même qu'il vaut la peine d'être vécu.

GLOSSAIRE

Dette publique externe : Somme des dettes d'un pays (État, entreprises, ménages) envers des acteurs étrangers. On distingue la dette publique (incluant la dette privée garantie) et la dette purement privée, non garantie.

La dette externe est portée par de nombreux acteurs : la banque centrale et le gouvernement, les banques commerciales, les entreprises et les particuliers.

Dette publique interne : Somme des dettes d'un État détenues par les acteurs nationaux (ménages, entreprises), financées par l'épargne interne du pays. Le terme « État » englobe l'administration centrale, les collectivités territoriales et toute autre entité qui emprunte avec la garantie explicite de l'État (entreprises publiques, agences gouvernementales ou paragouvernementales, Banque centrale).

Dette publique totale : Somme des dettes d'un État envers des créditeurs nationaux (ménages, entreprises) et étrangers.

Dette publique cachée : Dette ou engagement de l'État n'apparaissant pas dans les comptes publics : garanties implicites ; dette émanant de transactions effectuées sur les marchés de produits dérivés ; dettes de Sécurité sociale ; engagements de retraite ; partenariats public-privé, obligations de réparation d'infrastructures ou de dommages à l'environnement.

Annexes

Tableau 1

Les cycles de défauts souverains de 1800 à 2009

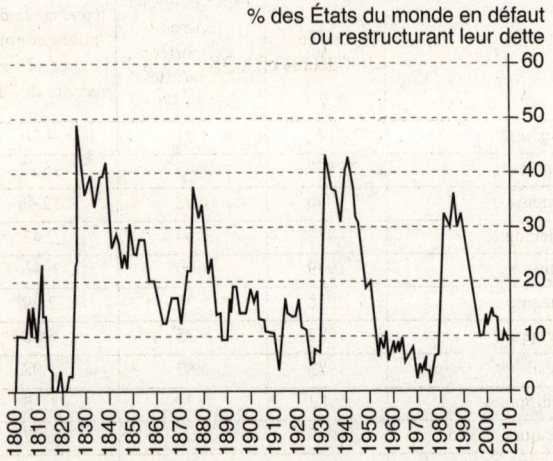

On observe de fortes vagues de défauts entre 1800 et 1830, en 1880, 1930-1950, 1985-1995.

Source : Variées, in Reinhart & Rogoff

Tableau 2

Exemples de ratios de dette lors d'épisodes de défaut

Pays	Année du défaut	Dette publique externe rapportée aux recettes de l'État	Ratio de la dette publique totale rapportée aux recettes de l'État
Mexique	1827	1.55	4.20
Espagne	1877	4.95	15.83
Argentine	1890	4.42	12.46
Allemagne	1932	0.64	2.43
Chine	1939	3.10	8.96
Turquie	1978	1.38	2.69
Mexique	1982	3.25	5.06
Brésil	1983	0.83	1.98
Philippines	1983	0.23	1.25
Afrique du Sud	1985	0.09	1.32
Russie	1998	3.90	4.95
Pakistan	1998	3.32	6.28
Argentine	2001	1.59	2.62

Le défaut peut arriver avec des ratios très faibles.

Source : Reinhart & Rogoff, 2009

Tableau 3

Le taux d'intérêt de la dette publique britannique aux XIXe et XXe siècles

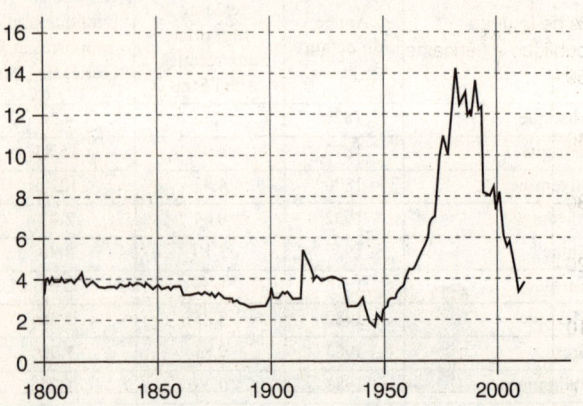

Le taux d'intérêt de la dette publique en Grande-Bretagne reste stable, aux environs de 4 %, tout au long du XIXe siècle. Il ne monte que d'un point pendant la Première Guerre mondiale, puis il baisse. Il remonte au-dessus de 10 % au cours des années 1980.

Source : ukpublicspending.co.uk

Tableau 4

*Part de la dette publique américaine
détenue par des agents étrangers*

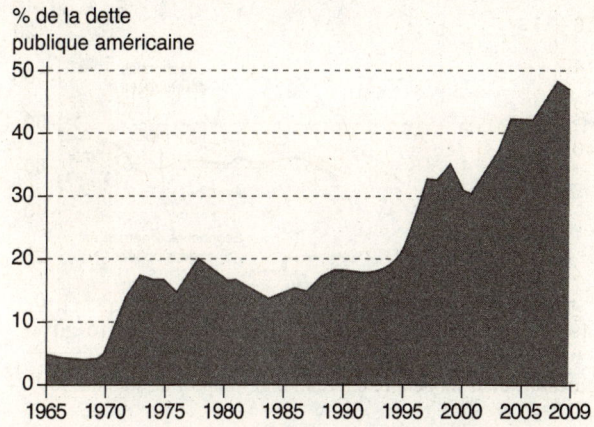

En 1965, la dette publique américaine est pratiquement entièrement financée à l'intérieur. Aujourd'hui, près de la moitié est financée par l'étranger.

Source : US Treasury

Tableau 5

Total des dettes publiques des différents pays du monde

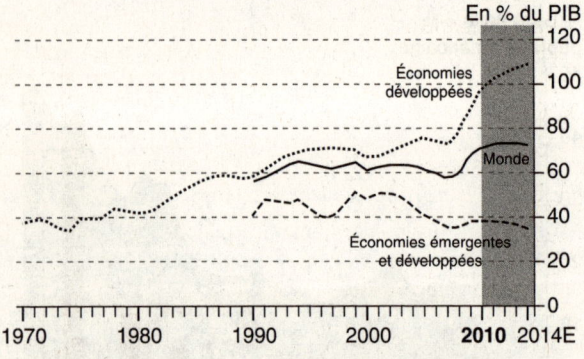

Sources : Fonds monétaire international, rapport de stabilité 2009

Annexes

Tableau 6

*En Europe, le ratio de dette/PIB
va se détériorer rapidement.*

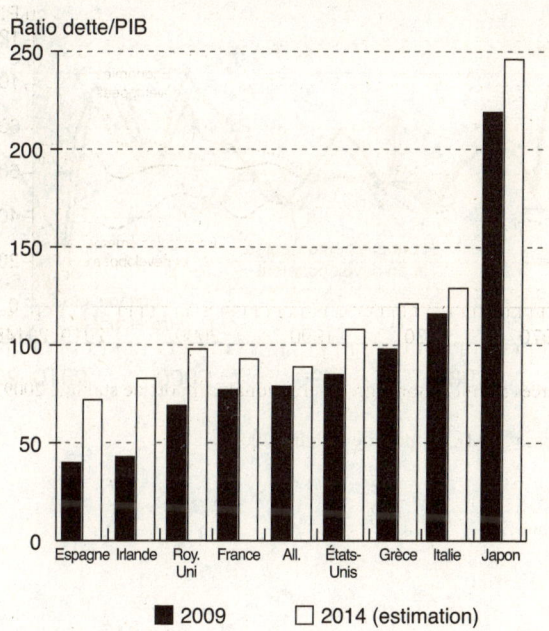

Sources : FMI, Commission européenne

Tableau 7

Comparaison des déficits budgétaires

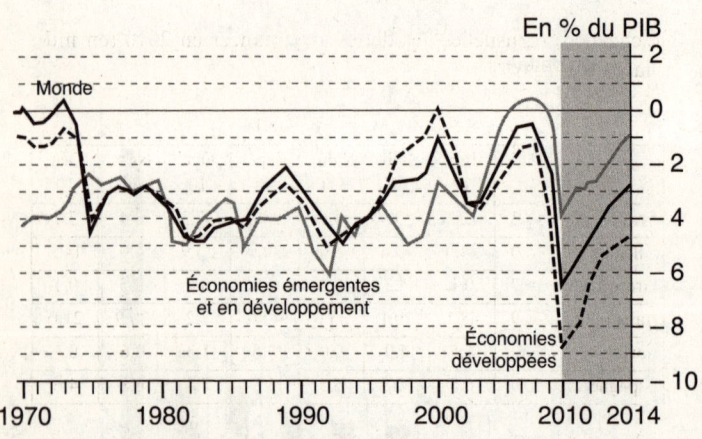

Sources : FMI, rapport de stabilité 2009

Tableau 8

*En Europe, la maturité des dettes
va se détériorer rapidement.*

Échéances mensuelles des dettes à refinancer en 2010 (en milliards d'euros)

Pays	Mai 10	Juin 10	Juill. 10	Août 10	Sept. 10	Oct. 10	Nov. 10	Déc. 10
France	16.3	12.7	59.9	4.6	21.8	37.3	8.4	7.7
Allemagne	15.0	34.9	43.4	5.0	20.9	23.9	4.0	14.6
Grèce	10.7	0.1	5.3	2.0	1.0	3.0	0.5	0.1
Italie	20.9	48.1	20.1	35.6	42.6	7.2	30.9	21.0
Portugal	7.6	1.5	4.0	0.0	2.6	1.3	2.6	0.6
Espagne	8.3	6.8	30.9	5.5	5.1	7.4	6.8	4.6

Chaque mois, une partie du volume global de la dette de la France arrive à échéance ; il faut en rembourser non seulement les intérêts, mais également le principal. Afin de rembourser ces emprunts arrivés à échéance, l'Agence France Trésor émet de nouveaux emprunts, généralement selon le principe des enchères inversées, où le créancier proposant le taux d'intérêt le plus bas emporte le crédit. Ces emprunts bénéficient généralement d'un taux de couverture de 2 à 3, ce qui signifie que, pour 1 milliard d'euros à emprunter, la France se voit généralement proposer par les créanciers 2 ou 3 milliards. Le risque majeur est l'illiquidité : en cas de crise de liquidité ou d'incertitude macroéconomique majeure, la France pourrait avoir du mal à placer ces emprunts. Ce phénomène est arrivé récemment à plusieurs pays européens. En 2010, la France sera le premier emprunteur européen.

Source : Bank of America / Merrill Lynch

Tableau 9

*La montée des pays émergents
dans les réserves de change mondiales*

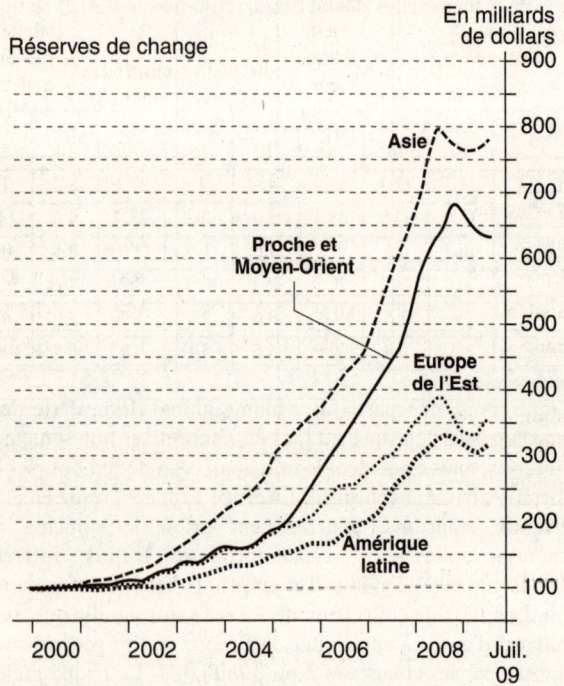

Sources : Fonds monétaire international, rapport de stabilité 2009

Tableau 10

Croissance théorique du PIB selon le niveau de dette publique

Entre 1790 et 2009	Ratio de dette publique inférieure à 30 % du PIB	dette entre 30 et 60 % du PIB	dette entre 60 et 90 %	dette supérieure à 90 % du PIB
pays industrialisés*	3,7 %	3,0 %	3,4 %	1,7 %
pays émergents*	4,3 %	4,1 %	4,2 %	1,0 %
France	4,9 %	2,7 %	2,8 %	2,3 %
Allemagne	3,6 %	0,9 %	n. d.	n. d.
États-Unis	4,0 %	3,4 %	3,3 %	-1,8 %
Japon	4,9 %	3,7 %	3,9 %	0,7 %
Royaume-Uni	2,5 %	2,2 %	2,1 %	1,8 %
Turquie	5,4 %	3,7 %	3,9 %	0,7 %
Brésil	3,2 %	2,3 %	2,6 %	2,3 %
Mexique	4,1 %	3,4 %	1,2 %	-0,7 %

* moyenne

Source : Reinhart & Rogoff

Tableau 11

*Taux de prélèvements obligatoires
en France, dans les pays de l'OCDE
et dans l'Union européenne
depuis 1965*

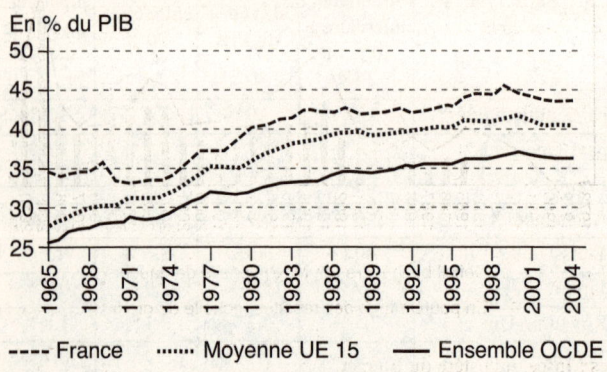

Source : OCDE

Tableau 12

Évolution du déficit budgétaire français depuis 1978

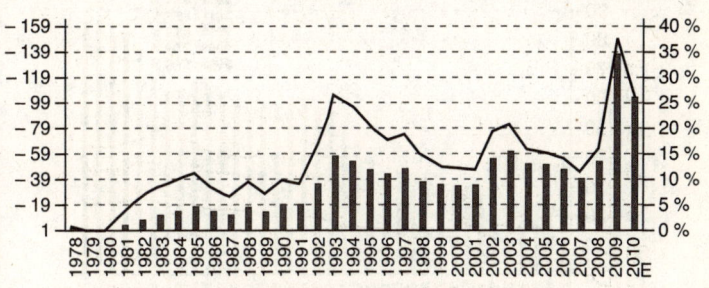

- Déficit budgétaire (en Md€, échelle de gauche)
- En pourcentage des recettes (échelle de droite)

Sources : Insee, ministère du Budget

Tableau 13

Évolution de la dette publique en France

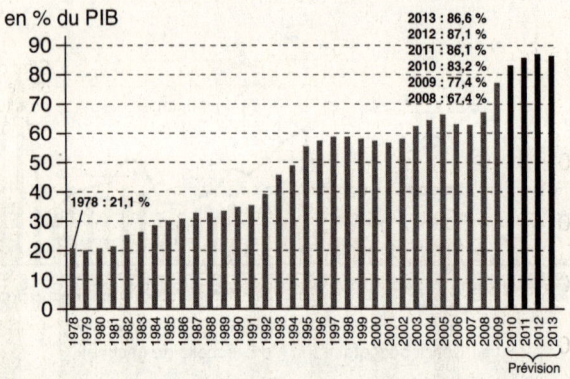

Sources : 1978-2008, Insee / 2009-2013 prévision rapport de stabilité

Annexes

Tableau 14

*France :
évolution de la charge de la dette
sur le budget de l'État depuis 2002*

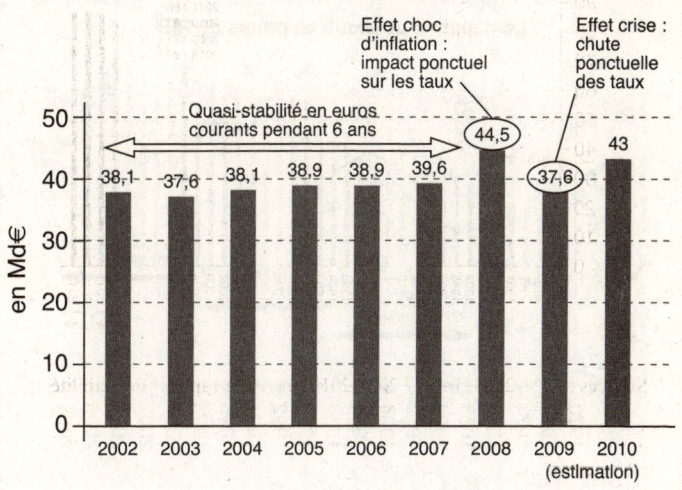

Source : ministère du Budget

Tableau 15

*France :
rythme de progression en volume
de la dépense publique*

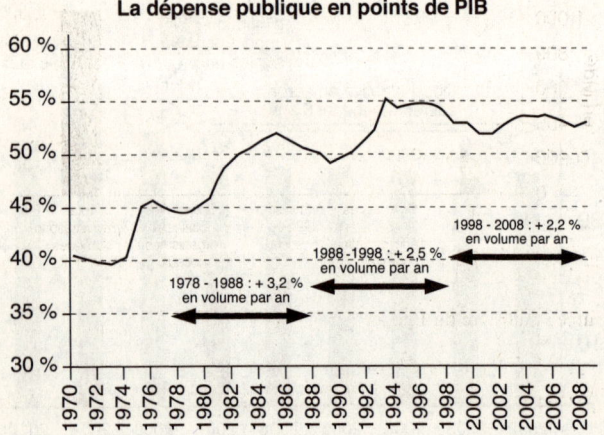

Source : ministère du Budget

Annexes

Tableau 16

*France :
dépense publique par acteur en 2009*

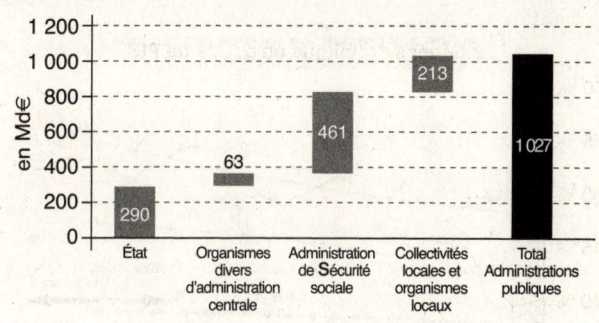

Source : ministère du Budget

Tableau 17

*France :
évolution des dépenses de prestations sociales*

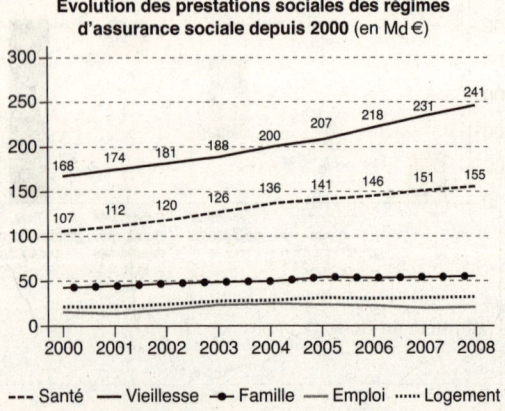

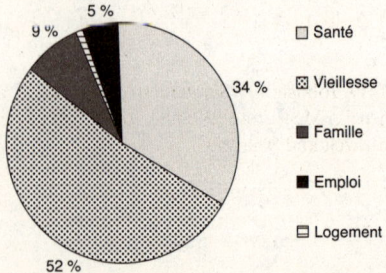

Source : ministère du Budget

Annexes

Tableau 18

*La dette publique américaine
de 1791 à 2006*

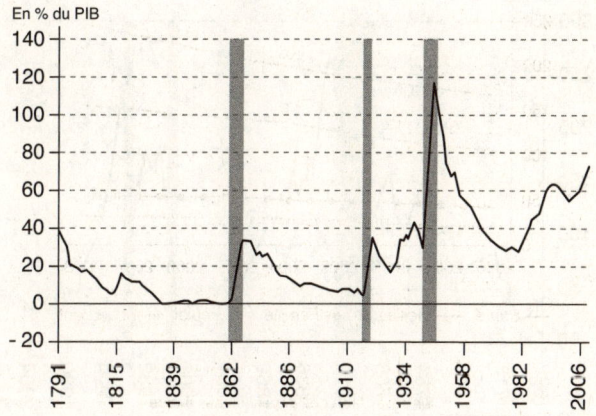

Sources : Louis D. Johnston et Samuel H. Williamson, "What was the U.S GDP Then?", Measuring Worth, 2009 ; US Treasury et Citi Investment Research and Analysis

Tableau 19

La dette publique anglaise de 1692 à 2009

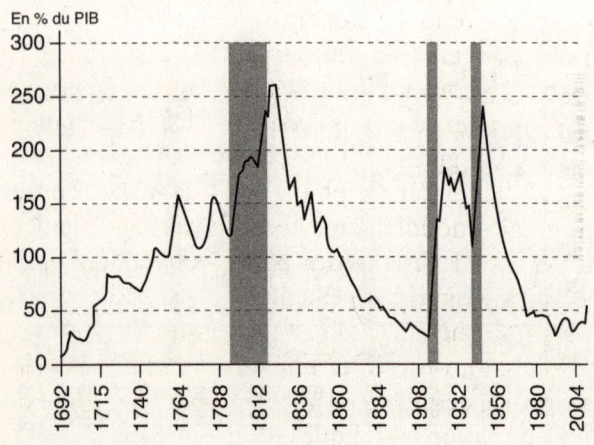

Sources : www.ukpublicspending.co.uk et Citi Investment Research and Analysis

Annexes

Tableau 20

Le chassé-croisé des dettes européennes

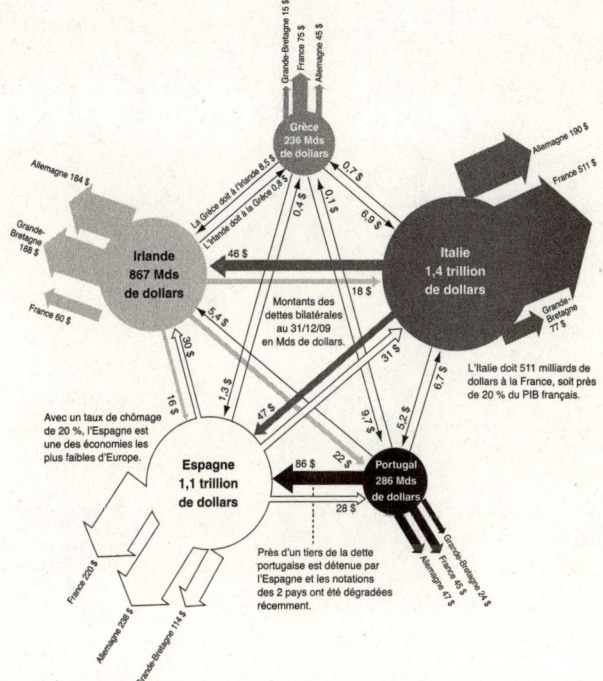

Source : Nelson D. Schwartz, site Web du *New York Times*, 30 avril 2010

BIBLIOGRAPHIE

Articles

AGHION Philippe et BOLTON Patrick, « Government Debt and Risk of Default: a Political-Economic Model of the Strategic Role of Debt », *in* DORNBUSCH Rudiger and DRAGHI Mario (dir.), *Public Debt Management: Theory and Practice*, Cambridge, Cambridge University Press, 1990.

AGLIETTA Michel, « Architecture financière internationale : au-delà des institutions de Bretton Woods », *Économie internationale*, n° 100, Paris, La Documentation française, 2004/04, p. 61-83.

AIZENMAN Joshua et MARION Nancy, « Using Inflation to Erode the U.S. Public Debt », novembre 2009.

AMADOR Manuel, « Sovereign Debt and the Tragedy of the Commons », Stanford University, 2008.

ANDERSON Gary M., « The U.S. Federal Deficit and National Debt : a Political and Economic History », *in* BUCHANAN James M., ROWLEY Charles K. et TOLLISON Robert D. (dir.), *Deficits*, Oxford, Basil Blackwell, 1986.

ANDREAU Jean, « Existait-il une dette publique dans l'Antiquité romaine ? », *in* ANDREAU Jean, BÉAUR

Gérard et GRENIER Jean-Yves (dir.), *La Dette publique dans l'histoire. Les journées du Centre de recherches historiques*, Paris, Comité pour l'histoire économique et financière de la France, 2006, p. 101-114.

ARTUS Patrick et CARTAPANIS André, « Globalisation financière et croissance dans les économies émergentes. La sous-estimation des contraintes macroéconomiques induites », *Revue économique*, 2008/6, vol. 59.

BARBADORO Bernardo, « Le finanze della Repubblica fiorentina », p. 666 ; SAPORI Armando, « L'interesse del denaro », *in Studi di storia economica*, 3 vol., Florence, 1955.

BARDUCCI Roberto, « Politica e speculazione finanziaria a Firenze dopo la crisi del primo trecento », *Archivio storico italiano* (1348-1358) 137, 1979, p. 176-219.

BARRAUD Claire, « La répudiation de la dette souveraine et ses conséquences : le cas de l'Équateur », Université de Bourgogne, déc. 2009.

BARRO Robert J., « Are Government Bonds Net Wealth ? », *Journal of Political Economy*, 1974, vol. 82, p. 1095-1117.

BARRO Robert J., « Government Spending, Interest Rates, Prices, and Budget Deficits in the United Kingdom, 1701-1918 », *Journal of Monetary Economics* 20, 1987, p. 221-47.

BARRO Robert J., « Reflections on Ricardian equivalence », *in* MALONEY J. (ed.), *Debt and Deficits: an Historical Perspective*, Edward Elgar Pub, 1998.

BEDFORD Paul, PENALVER Adrian and SALMON Chris, « Resolving Sovereign Debt Crises: the Market-Based Approach and the Role of the IMF », Bank of England, *Financial Stability Review*, juin 2005.

BERR Éric et COMBARNOUS François, « L'impact du consensus de Washington sur les pays en développement : une évaluation empirique », Communication présentée aux 1res journées du développement du GRES, « Le concept de développement en débat », Université Montesquieu – Bordeaux IV, 16 et 17 septembre 2004.

BLANCHARD Olivier, « Debt, Deficits, and Finite Horizons », *Journal of Political Economy*, 93, 1985, p. 223-247.

BOHN Henning, « The Behavior of US Public Debt and Deficits », *Quarterly Journal of Economics* 113 (3), 1998, p. 949-963.

BORDO Michael et EICHENGREEN Barry, « Is Our Current International Economic Environment Unusually Crisis Prone? », prepared for the Reserve Bank of Australia Conference on Private Capital, Sydney, août 1999.

BORDO Michael et WHITE Eugene, « A Tale of Two Currencies: British and French Finance During the Napoleonic Wars », *Journal of Economic History*, 51, 1991, p. 303-16.

BORENSZTEIN Eduardo et PANIZZA Ugo, « The Costs of Sovereign Default », IMF Research Department, Washington, D.C., International Monetary Fund, 2008.

BOUREAU Alain, « Le monastère médiéval, laboratoire de la dette publique ? », *in* ANDREAU Jean, BÉAUR Gérard et GRENIER Jean-Yves (dir.), *La Dette publique dans l'histoire. Les journées du Centre de recherches historiques*, Paris, Comité pour l'histoire économique et financière de la France, 2006, p. 23-35.

BUITER Willem and TOBIN James, « Debt Neutrality: A Brief Review of Doctrine and Evidence », *in* VON FURSTENBERG G. (ed.), *Social Security versus Private Saving*, Cambridge, Mass., Ballinger, 1979, p. 39-63.

Bulow Jeremy et Rogoff Kenneth, « Sovereign Debt : Is to Forgive to Forget ? », NBER Working Paper, n° 2623, 1988.

Calvo Guillermo, « Servicing the Public Debt: The Role of Expectations », *American Economic Review*, sept. 1988, p. 647-661.

Calvo Guillermo et Guidotti Pablo, « Optimal Maturity of Nominal Government Debt: An Infinite-Horizon Model », *International Economic Review*, vol. 33, n° 4, nov. 1992, p. 895-919.

Carré Guillaume, « Les dettes d'un régime. Le legs financier de la période d'Edo et son règlement par les gouvernements japonais de Meiji », *in* Andreau Jean, Béaur Gérard et Grenier Jean-Yves (dir.), *La Dette publique dans l'histoire. Les journées du Centre de recherches historiques*, Paris, Comité pour l'histoire économique et financière de la France, 2006, p. 335-364.

Chambers John et Alexeeva Daria, « Rating Performance, 2002, Default, Transition, Recovery and Spreads », Standard and Poor's, 2002.

Cohen Daniel, « The Debt Crisis, a Post mortem », *NBER Macroeconomic Annual*, vol. 7, 1992.

Cohen Daniel et Portes Richard, 2003, *Crise de la dette : prévention et résolution*, Paris, La Documentation française, « les rapports du Conseil d'analyses économiques », n° 43, 2003.

Eaton Jonathan et Fernandez Raquel, « Sovereign Debt », NBER, n° 5131, 1995.

Eaton Jonathan et Gersovitz Mark, « Debt with Potential Repudiation: Theory and Estimation », *Review of Economic Studies*, 48, 1981, p. 289-309.

EICHENGREEN Barry, « Restructuring Sovereign Debt », *Journal of Economic Perspectives*, vol. 17, n° 4, 2003, 29/32, p. 75-98.

FERRUCCI Gianlugi et PENALVER Adrian, « Assessing Sovereign Debt Under Uncertainty », *Bank of England Financial Stability Review*, déc. 2003.

FONTAINE Guillaume, « L'Équateur, libéral malgré soi », *Problèmes d'Amérique latine*, 49, 2003b, p. 101-118.

GRENIER Jean-Yves, « Introduction : dettes d'État, dette publique », *in* ANDREAU Jean, BÉAUR Gérard et GRENIER Jean-Yves (dir.), *La Dette publique dans l'histoire. Les journées du Centre de recherches historiques*, Paris, Comité pour l'histoire économique et financière de la France, 2006, p. 1-15.

HAMON Philippe, *L'Argent du roi. Les finances sous François Ier*, Comité pour l'histoire économique et financière de la France, Paris, 1994, p. 191-195.

HAMON Philippe, « Les dettes du roi de France (fin du Moyen Âge-XVIe siècle, une dette publique ? », *in* ANDREAU Jean, BÉAUR Gérard et GRENIER Jean-Yves (dir.), *La Dette publique dans l'histoire. Les journées du Centre de recherches historiques*, Paris, Comité pour l'histoire économique et financière de la France, 2006, p. 85-97.

HUME David, « Of Public Credit », *in Writings on Economics*, édité par Eugene Rotwein, Madison, University of Wisconsin Press, 1970.

KAMINSKY Graciela L. et REINHART Carmen M., « The Twin Crises: The Causes of Banking and Balance of Payments Problems », *American Economic Review*, vol. 89, n° 3, juin 1999, p. 473-500.

KRUEGER Anne O., « International Financial Architecture for 2002: A New Approach to Sovereign Debt Restructuring », conférence donnée au National Economists' Club Annual Members' Dinner American Enterprise Institute, Washington DC, 26 novembre 2001.

LEIDERMAN Leonardo et RAZIN Assaf, « Testing Ricardian Neutrality with an Intertemporal Stochastic Model », *Journal of Money, Credit and Banking*, 20 (1), 1988, p. 1-21.

LEVASSEUR Sandrine et RIFFLART Christine, « Crises de dette souveraine : Vers une nouvelle résolution ? », *in Chronique de la mondialisation*, revue de l'OFCE 86, 2003, p. 83-131. 30/32.

LINDERT Peter H. et MORTON Peter J., « How Sovereign Debt Has Worked », *in* SACHS Jeffrey (dir.), *Developing Country Debt and Economic Performance,* vol. 1, Chicago, University of Chicago Press, p. 39-106.

MANASSE Philippe, ROUBINI Nouriel et SCHIMMELPFENNIG Axel, « Predicting Sovereign Debt Crises », IMF Working Paper, n° 03/221, 2003.

MANASSE Philippe et ROUBINI Nouriel, « "Rules of Thumb" for Sovereign Debt Crises », IMF Working Paper, n° WP/05/4, 2005.

MECHOULAN Stéphane, « L'expulsion des Juifs de France en 1306 : proposition d'analyse contemporaine sous l'angle fiscal », Département d'Économie, Université de Toronto, juin 2004.

MEIGGS Russell et LEWIS David, *A Selection of Historical Inscriptions to the End of the Fifth Century B.C.*, Oxford, Clarendon Press, éd. revue, 1989, n° 72.

MENACHE Sophia, « The King, the Church and the Jews: some Considerations on the Expulsion from England and France », *Journal of Medieval History* 13, 1987, p. 230.

MIGEOTTE Léopold, « L'endettement des cités grecques dans l'Antiquité », *in* ANDREAU Jean, BÉAUR Gérard et GRENIER Jean-Yves (dir.), *La Dette publique dans l'histoire. Les journées du Centre de recherches historiques*, Paris, Comité pour l'histoire économique et financière de la France, 2006, p. 115-128

MISSALE Alessandro et BLANCHARD Olivier, « The Debt Burden and Debt Maturity », *American Economic Review*, vol. 84, n° 1, mars 1994, p. 309-319.

NAHON Gérard, « Contributions à l'histoire des Juifs en France sous Philippe le Bel », *Revue des Études juives* 121, 1962, p. 59-80.

PINAUD Pierre-François, « La direction de la liquidation de la dette publique, 1790-1793 », *in État, finances et économie pendant la Révolution française*, Paris, Comité pour l'histoire économique et financière de la France, 1991, p. 145-158.

PURCELL John F. H. et KAUFMAN Jeffrey A., *The Risks of Sovereign Lending: Lessons from History*, New York, Salomon Brothers, 1993.

REINHART Carmen M., « This Time is Different Chartbook: Country Histories on Debt, Default, and Financial Crises », NBER Working Paper, fév. 2010.

REINHART Carmen M., ROGOFF Kenneth S. et SAVASTANO Miguel A., « Debt Intolerance », *Brookings Papers on Economic Activity,* vol.1, printemps 2003, p. 1-74.

REINHART Carmen M. et ROGOFF Kenneth S., « Domestic Debt: The Forgotten History », NBER Working Paper n° 13946, avr. 2008.

ROGOFF Kenneth et ZETTELMEYER Jonathan, « Bankruptcy procedures for sovereign : a History of Ideas, 1976-2001 », IMF Working Paper, n° 02/133, 2002.

ROUBINI Nouriel et SETSER Brad, « Bailouts or Bailins ? », Institute for International Economics, 2004.

SACHS Jeffrey et COHEN Daniel, « Growth and External Debt under Risk of Repudiation », NBER Working Paper, n° 1703, 1985.

SAMUELSON Paul, « An Exact Consumption-Loan Model of Interest with or without the Social Contrivance of Money », *Journal of Political Economy*, 66 (6), 1958, p. 467-482.

STURZENEGGER Federico et ZETTELMEYER Jeromin, « Debt Defaults and Lessons from a Decade of Crises », Cambridge, Mass., The MIT Press, 2006.

TOMZ Michael, « Do Creditors Ignore History? Reputation in International Capital Markets », paper presented at the Latin American Studies Association, 1998.

YAFEH Yishay, « Institutional Reforms, Financial Development and Sovereign Debt: Britain 1690-1790 », *Journal of Economic History*, 2006, 66, p. 906-935.

Livres

BENARD Théodore-Napoléon, *De l'influence des lois sur la répartition des richesses*, Paris, Plon, 1874.

BOLLES Albert S., *The Financial History of the United States from 1861 to 1885*, New York, D. Appleton and Company, 1886.

BRAUDEL Fernand, *Civilisation matérielle, économie et capitalisme*, XVe-XVIIIe siècle, 3 vol., Armand Colin, Paris, 1979, vol. 2.

BRETON Thierry, *Antidette*, Paris, Plon, 2007.

BREWER John, *The Sinews of Power: War, Money and the English State, 1688-1783*, Cambridge, Mass., Harvard University Press, 1990.

CANARD Nicolas-François, *Principes d'économie politique*, 1801, chap. IX « Des emprunts ».

DE ROOVER Raymond, *The Rise and Decline of the Medici Bank, 1397-1494*, Cambridge, Mass., Harvard University Press, 1963.

EICHENGREEN Barry et LINDERT Peter H., dir., *The International Debt Crisis in Historical Perspective*, Cambridge, MIT Press, 1989.

FERGUSON Niall, *The Cash Nexus. Money and Power in the Modern World, 1700-2000*, New York, Basic Books, 2002.

FLANDREAU Marc et ZUMER Frederic, *The Making of Global Finance, 1880-1913*, Paris, OECD, 2004.

FRIEDMAN Milton et SCHWARTZ Anna Jacobson, *A Monetary History of the United States 1867-1960*, Princeton, Princeton University Press, 1963.

GARNIER Joseph, *Traité des finances*, Paris, Guillaumin, 1872.

KAEUPER Richard, *Guerre, justice et ordre public. La France et l'Angleterre à la fin du Moyen Âge*, Paris, Aubier, 1994.

KENNEDY Paul M., *The Rise and Fall of the Great Powers: Economic Change and Military Conflict from 1500 to 2000*, New York, Random House, 1987.

KINDLEBERGER Charles P., *Manias, Panics and Crashes: A History of Financial Crises*, New York, Basic Books, 1989.

LEROY-BEAULIEU Paul, *Traité de la science des finances*, Paris, Alcan.

Migeotte Léopold, *L'Emprunt public dans les cités grecques. Recueil des documents et analyse critique*, Québec, Ed. du Spinx, Paris, Les Belles Lettres, 1984.

Molho Anthony, *Florentine Public Finances in the Early Renaissance, 1400-1433*, Cambridge, Mass., Harvard University Press, 1971.

Montesquieu, *De l'esprit des lois*, livre XXII, chap. 18.

Myers Margaret, *A Financial History of the United States*, New York, Columbia University Press, 1970.

Neal Larry, *The Rise of Financial Capitalism: International Capital Markets in the Age of Reason*, Cambridge, Cambridge University Press, 1990.

Pébereau Michel (Commission présidée par), *Rompre avec la facilité de la dette publique*, Paris, La Documentation française, 2005.

Péreire Isaac, *Budget de 1877. Questions financières*, Paris, Motteroz, 1876.

Reinhart Carmen M. et Rogoff Kenneth S., *This Time is Different: Eight Centuries of Financial Folly*, Princeton, Princeton University Press, 2009.

Ricardo David, *On the Principles of Political Economy and Taxation* (1817), *in* Sraffa Piero (ed.), *The Works and Correspondence of David Ricardo*, vol. I, 1951, Cambridge, Cambridge University Press.

Ricardo David, *Funding System* (1820), *in* Sraffa Piero (ed.), *The Works and Correspondence of David Ricardo*, vol. IV, Cambridge, Cambridge University Press, 1951.

Rohatyn Felix, *Bold Endeavors: How Our Government Built America, and Why It Must Rebuild Now*, New York, Simon & Schuster, 2009.

Say Jean-Baptiste, *Traité d'économie politique*, Paris, Guillaumin, « collection des principaux économistes », 1841.

SAY Léon, *Dictionnaire des finances*, Paris, 1899.
SGARD Jérôme, *L'Économie de la Panique, faire face aux crises financières*, Paris, La Découverte, 2002.
SMITH Adam, *Enquête sur la nature et les causes de la richesse des nations*, trad. de Paulette Taieb, Paris, PUF, 1995, livre V.
STASAVAGE David, *Public Debt and the Birth of Democratic State, France and Great-Britain, 1688-1789*, Cambridge, Cambridge University Press, 2003.
STIGLITZ Joseph E., *La Grande Désillusion* [*Globalization and its Discontents*], trad. de Paul Chemla, Paris, Fayard, 2002.
SUTER Christian, *Debt Cycles in the World-Economy: Foreign Loans, Financial Crises, and Debt Settlements, 1820-1990*, Boulder, Westview Press, 1992.
TOMZ Michael, *Reputation and International Cooperation, Sovereign Debt Across Three Centuries*, Princeton, Princeton University Press, 2007.

REMERCIEMENTS

Julien Durand m'a suggéré l'idée d'écrire ce livre. Il a vérifié d'innombrables statistiques, et a travaillé à la mise en forme des tableaux et des annexes. Cyrille Arnould, Vincent Champain, Matthieu Delouvrier, René Karsenti, Driss Lamrani, Denis Maraval, Jean-Jacques Ohana, Steve Ohana, Hélie de Pourtalès, Alain Quinet ont inlassablement nourri mon travail de leurs commentaires et de leurs suggestions. Clara Bamberger et Caroline Soubayroux ont vérifié mes sources bibliographiques. Jean-Philippe Cotis a bien voulu faire surgir de l'Insee les tableaux statistiques que je demandais. Philippe Josse m'a permis d'utiliser des tableaux très éclairants préparés par la direction du Budget, qu'il conduit. Larry Summers à Washington et Felix Rohatyn à New York ont poursuivi avec moi un long dialogue sur ces sujets si difficiles.

Sophie de Closets a bien voulu relire attentivement le manuscrit, me faire des suggestions, mettre en forme tous les tableaux et élaborer la couverture.

Murielle Clairet, Rachida Derouiche, Betty Rogès ont tapé celles des innombrables versions du manuscrit de ce livre, qui n'étaient pas entièrement écrites par moi sur ordinateur.

Enfin, une fois de plus, Claude Durand a relu minutieusement ce manuscrit et m'a fait part de ses impitoyables commentaires, comme pour chacun des quarante-cinq autres livres de moi qu'il a eu entre les mains.

Ils ont tous, d'une façon ou d'une autre, participé à l'élaboration de ce livre. Il va sans dire que je porte seul la responsabilité de ses lacunes.

Comme toujours, je serai heureux de dialoguer avec mes lecteurs, qui peuvent m'écrire à j@attali.com

Table

Chapitre 1. Naissance de la dette publique........ 23
   La dette avant la dette.. 24
   Naissance du souverain en Angleterre 28
   Naissance du Trésor public en Italie...................... 31
   Naissance des fermiers généraux en France 36

Chapitre 2. Quand la dette publique
fait l'histoire... 39
   Les premiers moratoires d'État.............................. 39
   Quand gronde la Révolution.................................. 47
   La dette souveraine au cœur de la naissance
      des États-Unis... 55
   Révolutions et dettes publiques............................... 59
   Deux stratégies pour financer la guerre................. 62
   Le siècle des rentiers.. 64
   Retour de la dette avec la Sécession 69

Chapitre 3. Le peuple souverain...................... 73
   D'une guerre à l'autre.. 73
   L'inflation au secours de la dette........................... 79
   Les crises des finances publiques
      dans les pays du Sud.. 81
   L'effet de levier de la dette souveraine au Nord 85

Tous ruinés dans dix ans ?

Chapitre 4. Le grand basculement 91
  Le basculement du banquier au souverain 91
  Basculement de l'Atlantique au Pacifique 95
  Situation à la mi-novembre 2010 :
  la dette publique au bord du désastre 97

Chapitre 5. Les douze leçons de l'histoire
de la dette souveraine 103

Chapitre 6. Le scénario du pire 125
  Première étape : le surendettement souverain
  s'alourdit 127
  Deuxième étape : la faillite de l'euro
  et la dépression mondiale 132
  Troisième étape : faillite du dollar et retour
  de l'inflation mondiale 136
  Quatrième étape : dépression et effondrement
  de l'Asie 139

Chapitre 7. Le juste niveau
de la « bonne » dette 141
  La nature de la bonne dette 144
  Le juste niveau de la bonne dette 146

Chapitre 8. La France souveraine 153
  L'état de la dette publique 155
  La dette à venir 159
  La crise de solvabilité à venir 160
  Rendre à l'avenir ce qu'on lui a pris 164
  Redéfinir le modèle social 168
  Mettre en place un régime de croisière 170

Chapitre 9. L'obligation européenne.............. 177
Créer des instruments d'emprunt européen :
les bons européens 182
Renforcer l'euro par un fédéralisme budgétaire :
un Fonds budgétaire européen 186
Les investissements nécessaires en Europe 188

Chapitre 10. Une stratégie pour le monde......... 191
Une architecture mondiale de la gestion
des dettes souveraines 194
Une croissance mondiale durable et ordonnée
de la richesse mondiale 198

Glossaire 203
Annexes 205
Bibliographie 227
Remerciements 239

Jacques Attali
dans Le Livre de Poche

Amours n° 31700

Depuis que l'humanité s'est formée il y a plus de 100 000 ans, la relation homme-femme s'est ritualisée, s'organisant d'abord pour assurer la survie du couple, évoluant ensuite vers une affirmation du désir libre des partenaires, loin de toute finalité de reproduction. Tous les modes de relations ont été éprouvés, par-delà les époques et les pays ; les technologies actuelles ouvrent de nouvelles perspectives vertigineuses... Tous sujets et explorations que propose cet ouvrage, vaste voyage au pays de l'amour et des amours.

Blaise Pascal ou le génie français n° 15348

Blaise Pascal traversa la vie comme un météore. En moins de quatre décennies, il fit don à la France d'une de ses plus grandes œuvres philosophiques et littéraires. Scientifique, il bouleversa les données des mathématiques et de la physique. Polémiste, il forgea avec ses *Provinciales* le modèle de la littérature de combat. Profondément chrétien, il brisa les cadres de la théologie pour proposer à chacun des questionnements aussi troublants que féconds. Par-dessus tout, il sut, dans une langue incomparable, tout dire de la condition humaine, de sa liberté et de sa finitude. Son œuvre coïncida avec une époque qui vit la France régner intellectuellement sur le monde. « Effrayant génie », s'exclamait Chateaubriand. « Génie français », préfère dire Jacques Attali, qui, dans cette biographie érudite et allègre, nous fait découvrir les mille facettes d'un homme d'intuition et de raisonnement, de foi et de révolte, dont l'œuvre demeure singulièrement moderne en notre début de millénaire.

Bruits n° 4040

Si le bruit est toujours violence, la musique est toujours prophétie. En l'écoutant, on peut anticiper le devenir des sociétés. Telle est la thèse de ce livre dont une première version, parue il y a vingt-cinq ans, fut un succès international et dont les prédictions se trouvèrent vérifiées. Dans ce nouveau livre, entièrement réécrit à partir du précédent, Jacques Attali montre ce que la musique, aujourd'hui comme hier, annonce pour le monde de demain. La liturgie était métaphore du sacrifice rituel ; le ménestrel annonçait le monde féodal ; le concert précéda la prise de pouvoir de la bourgeoisie ; l'enregistrement annonça la société de consommation ; le jazz précéda la révolte de la jeunesse contre la famille. Désormais, le MP3 et la musique virtuelle, la bataille entre les majors et le *Peer-to-Peer* marquent à la fois la victoire du capitalisme culturel et la gratuité de l'accès à toutes les formes d'art. Au-delà s'esquisse un autre monde où le plaisir de faire de la musique pourrait prendre le pas sur celui de l'écouter, où chacun pourrait devenir enfin créateur de sa propre vie.

C'était François Mitterrand n° 30878

Jacques Attali fut, pendant près de vingt ans – dans l'opposition puis à l'Élysée –, le principal conseiller de François Mitterrand. Pour la première fois, il nous livre son jugement sur l'homme et son action, et propose des réponses à des questions obsédantes : le président a-t-il trahi les aspirations de ceux qui l'avaient élu ? S'est-il comporté en monarque ? Sa vie privée a-t-elle influé sur son action politique ? Était-il croyant ? A-t-il menti sur son passé ? Sur sa maladie ? A-t-il été un collaborateur pendant la guerre ? Était-il antisémite ? La France a-t-elle bénéficié de son passage au pouvoir ? De lui, datant du début de son premier septennat, cette phrase toujours d'actualité, plus de dix ans après sa mort : « Je n'aurai vraiment réussi que le jour où un autre socialiste que moi sera élu président de la République. »

La Crise, et après ? n° 31454

Comment en est-on arrivé là ? Le monde semblait aller très bien, la croissance économique était la plus rapide que l'Histoire ait jamais connue ; tout annonçait qu'elle allait se poursuivre, sur la planète entière, grâce à une épargne abondante et à des progrès techniques extraordinaires. Et voilà que nous sommes à l'aube d'une dépression planétaire, la plus grave depuis quatre-vingts ans. Entre les deux, en apparence, pas grand-chose, sinon des familles américaines incapables de rembourser un crédit sur leur logement. L'objet de ce livre est d'expliquer, aussi simplement que possible, ce mystère, pour le résoudre, pour éviter que la crise ne dérape en catastrophe politique mondiale. Et pour que l'on ne nous y reprenne plus !

Gândhî ou l'éveil des humiliés n° 31516

Peu de personnages ont laissé une trace aussi profonde dans l'histoire humaine que Gândhî, traversant avec douceur un siècle de barbarie, adoré par des dizaines de millions d'hommes, tentant de raisonner les pires individus, faisant de son sacrifice un moyen de conduire les autres à l'introspection, révélant que l'humiliation est le vrai moteur de l'Histoire, pratiquant jusqu'à l'absurde la seule utopie susceptible, peut-être, de sauver l'espèce humaine : la tolérance et la non-violence. À suivre son incroyable destin, à raconter comment il conduisit un des plus grands peuples du monde, les Indiens, à l'indépendance, on comprendra qu'il n'y a rien de plus universel que cette vie si particulière, si intense, si mystique, et qu'elle permet à chacun de nous de répondre à la seule question qui vaille : est-il possible de se trouver ?

L'Homme nomade   n° 30312

Dans cette vaste fresque historique et prospective, Jacques Attali retrace l'histoire de l'humanité comme jamais on ne l'a fait jusqu'à présent. Pour lui, l'homme est nomade depuis ses origines, et il est en train de redevenir, par la mondialisation, un nomade d'un genre nouveau. Loin d'avoir été des barbares venus détruire des civilisations existantes, les hommes du voyage furent les véritables forces d'innovation et de création à la source de tous les empires, de la Chine à Rome, de l'Égypte à l'empire américain d'aujourd'hui. Quand elles se ferment aux nomades, aux itinérants, aux étrangers, aux mouvements de toutes sortes, les sociétés déclinent et périclitent. Aujourd'hui s'ouvrent avec les nouvelles technologies du voyage, réel et/ou virtuel, des perspectives radicalement neuves pour l'humanité ; l'hégémonie du dernier empire sédentaire, les États-Unis, s'achève et commence une formidable lutte entre les trois forces nomades qui aspirent à le remplacer : le marché, la démocratie, la foi ; cet affrontement bouleverse les enjeux éthiques, culturels, militaires et politiques de notre temps.

Les Juifs, le Monde et l'Argent n° 15580

Voici l'histoire des rapports du peuple juif avec le monde et l'argent. Je sais ce que ce sujet a de sulfureux. Il a déclenché tant de polémiques, entraîné tant de massacres qu'il est devenu comme un tabou à n'évoquer sous aucun prétexte, de peur de réveiller quelque catastrophe immémoriale. Aujourd'hui, plus personne n'ose écrire sur ce sujet ; comme si des siècles d'études n'avaient servi qu'à nourrir des autodafés. En décidant de raconter cette histoire, on pourrait laisser croire qu'il existe un peuple juif uni, riche et puissant, placé sous un commandement centralisé, en charge de mettre en œuvre une stratégie de pouvoir mondial par l'argent. On rejoindrait par là des fantasmes qui ont traversé tous les siècles, de Trajan à Constantin, de Matthieu à Luther, de Marlowe à Voltaire, des *Protocoles des* Sages de Sion à *Mein Kampf*, jusqu'à tout ce que charrie aujourd'hui anonymement l'internet. Pourtant, il est d'une importance capitale, pour les hommes d'aujourd'hui, de comprendre comment l'inventeur du monothéisme s'est trouvé en situation de fonder l'éthique du capitalisme, avant d'en devenir, par certains de ses fils, le premier banquier, et par d'autres, le plus implacable de ses ennemis. Il est aussi essentiel pour le peuple juif lui-même d'affronter cette partie de son histoire qu'il n'aime pas et dont, pourtant, il aurait tout lieu d'être fier.

Karl Marx ou l'esprit du monde n° 30781

Alors que le mur de Berlin est tombé et qu'ont disparu presque toutes les dictatures se recommandant de Karl Marx, la lumière doit être faite sur l'extraordinaire trajectoire de ce proscrit, fondateur de la seule religion neuve de ces derniers siècles. Aucun auteur n'eut plus de lecteurs, aucun révolutionnaire n'a rassemblé plus d'espoirs, aucun idéologue n'a suscité plus d'exégèses, et, mis à part quelques fondateurs de religions, aucun homme n'a exercé sur le monde une influence comparable à celle que Karl Marx a eue au XXe siècle. Ce livre permet de comprendre qu'aujourd'hui, au moment où s'accélère la mondialisation – qu'il avait prévue –, Karl Marx redevient d'une extrême actualité.

Lignes d'horizon n° 9535

Je crois que notre époque, comme les autres, est relativement explicable, que notre avenir peut être éclairé d'hypothèses sérieuses, qu'on est en droit d'esquisser des lignes d'horizon... La dislocation du bloc de l'Est, la construction européenne, le défi écologique, les relations Nord-Sud, l'émergence de nouvelles puissances économiques, les évolutions de la technologie et de la consommation : autant de perspectives multiples, contradictoires, parfois menaçantes, qu'ouvre l'actualité. Récusant les fatalismes en vogue – l'inutilité des modèles et de la théorie, la suprématie absolue du marché –, l'auteur de *1492* et de *La Vie éternelle, roman*, tente ici de tracer les grandes lignes de ce que pourrait être le siècle prochain. Une gageure ambitieuse, saluée par une presse unanime. Et une lecture essentielle pour comprendre les enjeux des années à venir.

Le Sens des choses n° 31916

L'auteur confronte son point de vue avec nombre de personnalités (parmi lesquelles C. Allègre, M. Rocard, R. Debray, E. Orsenna, P. Sollers, S. Veil, Max Gallo...) pour dresser un panorama des grands bouleversements de notre temps dans les domaines culturel, social, économique, politique et géostratégique. Chaque auteur dresse un état des lieux et apporte des réponses à des questions diverses.

Sept leçons de vie. Survivre aux crises n° 31871

La crise actuelle se terminera un jour, laissant derrière elle d'innombrables victimes et quelques rares vainqueurs. Pourtant, il serait possible à chacun de nous d'en sortir dès maintenant en bien meilleur état que nous n'y sommes entrés. À condition d'en comprendre la logique et le cours, de se servir de connaissances nouvelles accumulées en maints domaines, de ne compter que sur soi, de se prendre au sérieux […]. Mon propos n'est donc pas ici d'exposer un programme politique pour résoudre cette crise et toutes celles qui viendront, ni de vagues généralités moralisantes, mais de suggérer des stratégies précises et concrètes permettant à chacun de « chercher des fissures dans l'infortune », de se faufiler entre les écueils à venir, sans s'en remettre à d'autres pour survivre, pour sur-vivre. Et d'abord pour survivre à la crise actuelle. J. A.

Une brève histoire de l'avenir n° 30985

Jacques Attali raconte ici l'incroyable histoire des cinquante prochaines années telles qu'on peut les imaginer à partir de ce que l'on sait aujourd'hui de l'histoire et de la science. Il dévoile la façon dont vont évoluer les rapports entre les nations, dont les bouleversements démographiques, les mouvements de population, les mutations du travail, le terrorisme, la violence, les changements climatiques, l'emprise croissante du religieux vont affecter notre quotidien. Il montre enfin qu'il serait possible d'éliminer la pauvreté, de faire profiter chacun équitablement des bienfaits de la technologie et de préserver la liberté de ses propres excès comme de ses ennemis, de laisser aux générations à venir un environnement mieux protégé, de faire naître, à partir de toutes les sagesses du monde, de nouvelles façons de vivre et de créer ensemble.

La Voie humaine.
Pour une nouvelle social-démocratie n° 30664

La gauche a-t-elle encore quelque chose à dire, ou bien n'est-elle plus, comme la droite, qu'une simple machine à choisir des candidats et à gagner des élections ? Au moment où se généralise la loi du marché, où les principes de la démocratie progressent, y a-t-il une place pour un projet politique ? Les partis semblent ne pas avoir le courage de répondre à ces questions. Ils se contentent d'attendre qu'une sanction frappe l'autre camp. Ceux de gauche, en particulier, n'ont plus ni vision du monde, ni doctrine, ni projet, ni programme ; ils n'ont plus que des postures. Et pourtant, jamais la politique n'a été plus nécessaire pour échapper à la violence, à une marchandisation globale, à la précarité générale des choses, des idées et des gens. Jacques Attali propose ici de repenser totalement la social-démocratie et avance des solutions nouvelles, originales, détaillées pour redonner à la politique sa raison d'être, pour tirer le meilleur du monde, du temps et de la vie. Pour que puisse s'ouvrir, entre les multiples barbaries, une voie humaine.

Du même auteur :

Essais

ANALYSE ÉCONOMIQUE DE LA VIE POLITIQUE, PUF, 1973.
MODÈLES POLITIQUES, PUF, 1974.
L'ANTI-ÉCONOMIQUE (avec Marc Guillaume), PUF, 1975.
LA PAROLE ET L'OUTIL, PUF, 1976.
BRUITS, ÉCONOMIE POLITIQUE DE LA MUSIQUE, PUF, 1977, nouvelle édition, Fayard, 2000.
LA NOUVELLE ÉCONOMIE FRANÇAISE, Flammarion, 1978.
L'ORDRE CANNIBALE, HISTOIRE DE LA MÉDECINE, Grasset, 1979.
LES TROIS MONDES, Fayard, 1981.
HISTOIRES DU TEMPS, Fayard, 1982.
LA FIGURE DE FRASER, Fayard, 1984.
AU PROPRE ET AU FIGURÉ, HISTOIRE DE LA PROPRIÉTÉ, Fayard, 1988.
LIGNES D'HORIZON, Fayard, 1990.
1492, Fayard, 1991.
ÉCONOMIE DE L'APOCALYPSE, Fayard, 1994.
CHEMINS DE SAGESSE : TRAITÉ DU LABYRINTHE, Fayard, 1996.
FRATERNITÉS, Fayard, 1999.

LA VOIE HUMAINE, Fayard, 2000.
LES JUIFS, LE MONDE ET L'ARGENT, Fayard, 2002.
L'HOMME NOMADE, Fayard, 2003.
FOI ET RAISON – AVERROÈS, MAÏMONIDE, THOMAS D'AQUIN, Bibliothèque nationale de France, 2004.
UNE BRÈVE HISTOIRE DE L'AVENIR, Fayard, 2006, nouvelle édition, 2009.
LA CRISE, ET APRÈS ?, Fayard, 2008.
LE SENS DES CHOSES, avec Stéphanie Bonvicini et 32 auteurs, Robert Laffont, 2009.
SURVIVRE AUX CRISES, Fayard, 2009.

Dictionnaires

DICTIONNAIRE DU XXIe SIÈCLE, Fayard, 1998.
DICTIONNAIRE AMOUREUX DU JUDAÏSME, Plon/Fayard, 2009.

Romans

LA VIE ÉTERNELLE, ROMAN, Fayard, 1989.
LE PREMIER JOUR APRÈS MOI, Fayard, 1990.
IL VIENDRA, Fayard, 1994.
AU-DELÀ DE NULLE PART, Fayard, 1997.
LA FEMME DU MENTEUR, Fayard, 1999.
NOUV'ELLES, Fayard, 2002.
LA CONFRÉRIE DES ÉVEILLÉS, Fayard, 2004.

Biographies

SIEGMUND WARBURG, UN HOMME D'INFLUENCE, Fayard, 1985.
BLAISE PASCAL OU LE GÉNIE FRANÇAIS, Fayard, 2000.
KARL MARX OU L'ESPRIT DU MONDE, Fayard, 2005.
GÂNDHÎ OU L'ÉVEIL DES HUMILIÉS, Fayard, 2007.

Théâtre

LES PORTES DU CIEL, Fayard, 1999.
DU CRISTAL À LA FUMÉE, Fayard, 2008.

Contes pour enfants

MANUEL, L'ENFANT-RÊVE (ill. par Philippe Druillet), Stock, 1995.

Mémoires

VERBATIM I, Fayard, 1993.
EUROPE(S), Fayard, 1994.
VERBATIM II, Fayard, 1995.
VERBATIM III, Fayard, 1995.
C'ÉTAIT FRANÇOIS MITTERRAND, Fayard, 2005.

Rapports

POUR UN MODÈLE EUROPÉEN D'ENSEIGNEMENT SUPÉRIEUR, Stock, 1998.
L'AVENIR DU TRAVAIL, Fayard/Institut Manpower, 2007.
300 DÉCISIONS POUR CHANGER LA FRANCE, rapport de la Commission pour la libération de la croissance française, XO, 2008.
PARIS ET LA MER. LA SEINE EST CAPITALE, Fayard, 2010.

Beaux livres

MÉMOIRE DE SABLIERS, COLLECTIONS, MODE D'EMPLOI, éditions de l'Amateur, 1997.
AMOURS. HISTOIRES DES RELATIONS ENTRE LES HOMMES ET LES FEMMES, avec Stéphanie Bonvicini, Fayard, 2007.

Composition réalisée par NORD COMPO

Achevé d'imprimer en janvier 2011 en Espagne par
BLACK PRINT CPI IBERICA S.L.
08740 Sant Andreu de la Barca (Barcelona)
Dépôt légal 1re publication : février 2011
LIBRAIRIE GÉNÉRALE FRANÇAISE – 31, rue de Fleurus – 75278 Paris Cedex 06

31/5810/2